Ymdopi â Thrawma Geni ac Iselder Ôl-enedigol

Cyfres Ymdopi â Phroblemau Cyffredin
Teitlau dethol

The Assertiveness Handbook
Mary Hartley

Assertiveness: Step by Step
Dr Windy Dryden and Daniel Constantinou

Body Language: What You Need to Know
David Cohen

Breaking Free
Carolyn Ainscough and Kay Toon

Calm Down
Paul Hauck

The Candida Diet Book
Karen Brody

Cataract: What You Need to Know
Mark Watts

The Chronic Fatigue Healing Diet
Christine Craggs-Hinton

The Chronic Pain Diet Book
Neville Shone

Cider Vinegar
Margaret Hills

Comfort for Depression
Janet Horwood

The Complete Carer's Guide
Bridget McCall

The Confidence Book
Gordon Lamont

Confidence Works
Gladeana McMahon

Coping Successfully with Pain
Neville Shone

Coping Successfully with Panic Attacks
Shirley Trickett

Coping Successfully with Period Problems
Mary-Claire Mason

Coping Successfully with Prostate Cancer
Dr Tom Smith

Coping Successfully with Ulcerative Colitis
Peter Cartwright

Coping Successfully with Varicose Veins
Christine Craggs-Hinton

Coping Successfully with Your Hiatus Hernia
Dr Tom Smith

Coping Successfully with Your Irritable Bowel
Rosemary Nicol

Coping with Age-related Memory Loss
Dr Tom Smith

Coping with Alopecia
Dr Nigel Hunt and Dr Sue McHale

Coping with Blushing
Dr Robert Edelmann

Coping with Bowel Cancer
Dr Tom Smith

Coping with Brain Injury
Maggie Rich

Coping with Candida
Shirley Trickett

Coping with Chemotherapy
Dr Terry Priestman

Coping with Childhood Allergies
Jill Eckersley

Coping with Childhood Asthma
Jill Eckersley

Coping with Chronic Fatigue
Trudie Chalder

Coping with Coeliac Disease
Karen Brody

Coping with Compulsive Eating
Ruth Searle

Coping with Diabetes in Childhood and Adolescence
Dr Philippa Kaye

Coping with Diverticulitis
Peter Cartwright

Coping with Down's Syndrome
Fiona Marshall

Coping with Dyspraxia
Jill Eckersley

Coping with Eating Disorders and Body Image
Christine Craggs-Hinton

Coping with Family Stress
Dr Peter Cheevers

Coping with Gout
Christine Craggs-Hinton

Coping with Hay Fever
Christine Craggs-Hinton

Coping with Hearing Loss
Christine Craggs-Hinton

Coping with Heartburn and Reflux
Dr Tom Smith

Coping with Kidney Disease
Dr Tom Smith

Coping with Macular Degeneration
Dr Patricia Gilbert

Coping with the Menopause
Janet Horwood

Coping with a Mid-life Crisis
Derek Milne

Coping with Polycystic Ovary Syndrome
Christine Craggs-Hinton

Coping with Postnatal Depression
Sandra L. Wheatley

Coping with Radiotherapy
Dr Terry Priestman

Coping with SAD
Fiona Marshall and Peter Cheevers

Coping with Snoring and Sleep Apnoea
Jill Eckersley

Coping with a Stressed Nervous System
Dr Kenneth Hambly and Alice Muir

Coping with Strokes
Dr Tom Smith

Coping with Suicide
Maggie Helen

Coping with Tinnitus
Christine Craggs-Hinton

The Depression Diet Book
Theresa Cheung

Depression: Healing Emotional Distress
Linda Hurcombe

Depressive Illness
Dr Tim Cantopher

Eating for a Healthy Heart
Robert Povey, Jacqui Morrell and Rachel Povey

Every Woman's Guide to Digestive Health
Jill Eckersley

The Fertility Handbook
Dr Philippa Kaye

The Fibromyalgia Healing Diet
Christine Craggs-Hinton

Free Your Life from Fear
Jenny Hare

Free Yourself from Depression
Colin and Margaret Sutherland

Getting a Good Night's Sleep
Fiona Johnston

Heal the Hurt: How to Forgive and Move On
Dr Ann Macaskill

Help Your Child Get Fit Not Fat
Jan Hurst and Sue Hubberstey

Helping Children Cope with Anxiety
Jill Eckersley

Helping Children Cope with Change and Loss
Rosemary Wells

Helping Children Cope with Grief
Rosemary Wells

How to Approach Death
Julia Tugendhat

How to Be a Healthy Weight
Philippa Pigache

How to Beat Pain
Christine Craggs-Hinton

How to Cope with Difficult People
Alan Houel and Christian Godefroy

How to Get the Best from Your Doctor
Dr Tom Smith

How to Make Life Happen
Gladeana McMahon

How to Stop Worrying
Dr Frank Tallis

How to Talk to Your Child
Penny Oates

The IBS Healing Plan
Theresa Cheung

Is HRT Right for You?
Dr Anne MacGregor

Letting Go of Anxiety and Depression
Dr Windy Dryden

Living with Asperger Syndrome
Dr Joan Gomez

Living with Asthma
Dr Robert Youngson

Living with Autism
Fiona Marshall

Living with Birthmarks and Blemishes
Gordon Lamont

Living with Crohn's Disease
Dr Joan Gomez

Living with Eczema
Jill Eckersley

Living with Fibromyalgia
Christine Craggs-Hinton

Living with Food Intolerance
Alex Gazzola

Living with Grief
Dr Tony Lake

Living with Heart Failure
Susan Elliot-Wright

Living with Loss and Grief
Julia Tugendhat

Living with Lupus
Philippa Pigache

Living with Osteoarthritis
Dr Patricia Gilbert

Living with Osteoporosis
Dr Joan Gomez

Living with Rheumatoid Arthritis
Philippa Pigache

Living with Schizophrenia
Dr Neel Burton and Dr Phil Davison

Living with a Seriously Ill Child
Dr Jan Aldridge

Living with Sjögren's Syndrome
Sue Dyson

Losing a Baby
Sarah Ewing

Losing a Child
Linda Hurcombe

The Multiple Sclerosis Diet Book
Tessa Buckley

Overcoming Anorexia
Professor J. Hubert Lacey, Christine Craggs-Hinton and Kate Robinson

Overcoming Anxiety
Dr Windy Dryden

Overcoming Back Pain
Dr Tom Smith

Overcoming Depression
Dr Windy Dryden and Sarah Opie

Overcoming Emotional Abuse
Susan Elliot-Wright

Overcoming Hurt
Dr Windy Dryden

Overcoming Insomnia
Susan Elliot-Wright

Overcoming Jealousy
Dr Windy Dryden

Overcoming Procrastination
Dr Windy Dryden

Overcoming Shyness and Social Anxiety
Ruth Searle

The PMS Handbook
Theresa Cheung

Reducing Your Risk of Cancer
Dr Terry Priestman

The Self-Esteem Journal
Alison Waines

Simplify Your Life
Naomi Saunders

Stammering: Advice for All Ages
Renée Byrne and Louise Wright

Stress-related Illness
Dr Tim Cantopher

Ten Steps to Positive Living
Dr Windy Dryden

Think Your Way to Happiness
Dr Windy Dryden and Jack Gordon

The Thinking Person's Guide to Happiness
Ruth Searle

Tranquillizers and Antidepressants: When to Start Them, How to Stop
Professor Malcolm Lader

The Traveller's Good Health Guide
Dr Ted Lankester

Treating Arthritis Diet Book
Margaret Hills

Treating Arthritis – The Drug-Free Way
Margaret Hills

Treating Arthritis – More Drug-Free Ways
Margaret Hills

Understanding Obsessions and Compulsions
Dr Frank Tallis

When Someone You Love Has Depression
Barbara Baker

Ymdopi â Thrawma Geni ac Iselder Ôl-enedigol

LUCY JOLIN

atebol

Y fersiwn Saesneg

Cyhoeddwyd gyntaf yn y Deyrnas Unedig yn 2008 gan Sheldon Press

Cyhoeddwyd y rhifyn diwygiedig hwn yn 2019 gan Sheldon Press
Argraffnod John Murray Press
Cwmni Hachette UK

Y fersiwn Gymraeg

Cyhoeddwyd yn y Gymraeg yn 2026 gan Atebol Cyfyngedig, Adeiladau'r Fagwyr, Llanfihangel Genau'r Glyn, Aberystwyth, Ceredigion SY24 5AQ

Addaswyd gan Testun Cyf.
Dyluniwyd gan E.L. Hammonds

ISBN: 978-1-80106-556-6

Gwnaethpwyd pob ymdrech resymol i olrhain deiliaid hawlfraint, ond os oes unrhyw wallau neu hepgoriadau, bydd Nicholas Brealey yn falch o gynnwys y gydnabyddiaeth briodol mewn unrhyw argraffiadau dilynol.

Cyhoeddwyd gyda chymorth ariannol Cyngor Llyfrau Cymru.

atebol.com

FSC
www.fsc.org
CYMYSGEDD
Papur | Yn cefnogi coedwigaeth gyfrifol
FSC® C114687

I Dan, Louis a Max
Fyddwn i ddim wedi llwyddo heboch chi

Cynnwys

Ynglŷn â'r awdur

Mae Lucy Jolin yn newyddiadurwr llawrydd sydd wedi ysgrifennu ar gyfer nifer o gylchgronau, papurau newydd a gwefannau cenedlaethol ar amrywiaeth eang o bynciau, sy'n amrywio o drawma geni i rym chwarae. Mae hi'n briod â Dan ac mae ganddi ddau fab, Louis a Max.

Rhagair

Sawl blwyddyn yn ôl, fe gafodd fy ffrind, Seren, fabi. Roedd hi yn ei hugeiniau hwyr, yn gryf ac yn iach – rhywun y byddech chi'n disgwyl fyddai'n cael genedigaeth ddidrafferth. Ond, pan wnes i ymweld â hi yn yr ysbyty ychydig ddyddiau ar ôl i'w babi gael ei geni, fe wnaeth hi ddechrau beichio crio yn syth bin, nad oedd yn nodweddiadol ohoni o gwbl. Wrth iddi adrodd hanes yr enedigaeth, fe esboniodd ei bod wedi cael ei gadael mewn poen am fwy na 30 awr cyn esgor. Pan sylweddolodd y staff nad oedd y babi'n mynd i gyrraedd ar ei ben ei hun, rhoddwyd anaesthetig cyffredinol i Seren a chafodd ei merch fach ei geni â gefeiliau. Roedd hi'n pwyso ychydig o dan 4.5 cilogram (10 pwys).

Dros y misoedd nesaf, fe welais i Seren sawl gwaith, ac mi roeddwn i'n gwybod nad oedd rhywbeth yn iawn. Roedd hi'n mynd yn ôl i drafod yr enedigaeth a'r hyn a aeth o'i le dro ar ôl tro. Ar y pryd, doeddwn i ddim yn gwybod sut i helpu – doedd yr un o'm ffrindiau eraill wedi cael babi.

Pan wnaeth y ddwy ohonom ni symud i ffwrdd i wahanol leoedd, fe wnaethom ni golli cysylltiad, ond roeddwn i'n meddwl amdani'n aml, yn enwedig pan ddechreuodd fy ffrindiau eraill gael plant a phan anwyd fy merch fy hun. Ymhen amser, fe sylweddolais i fod ganddi bron yn sicr iselder ôl-enedigol (PND) heb ei ddiagnosio, ac, yn ddiweddarach, yn ôl pob tebyg, fod ganddi anhwylder straen ôl-drawmatig (PTSD) hefyd. Yn y 1980au, doedd dim dealltwriaeth dda o iechyd meddwl mamau, hyd yn oed gan weithwyr proffesiynol.

I Seren y mae'r diolch yn rhannol mod i wedi datblygu diddordeb yn y ffordd mae geni plant a bod yn fam yn effeithio ar iechyd meddwl menywod. Ers i mi ddechrau ymwneud â'r British Trauma Association, elusen sy'n cynorthwyo menywod â PTSD ôl-enedigol, dwi wedi clywed llawer iawn, iawn o straeon fel stori Seren: gan fenywod a gafodd gyfnod esgor hir ac anodd, neu a gafodd anafiadau wrth eni, neu na chawson nhw weld eu babis am oriau ar ôl iddyn nhw gael eu geni. Mae llawer ohonyn nhw'n ail-fyw eu profiadau sawl gwaith y dydd – yn cael ôl-fflachiau a hunllefau – ac maen nhw ar bigau'r drain yn gyson, yn cadw llygad am unrhyw arwyddion o berygl. Gall teimladau dwys o ofn ac arswyd gael eu hachosi gan rywbeth mor syml â cherdded heibio i ysbyty neu glywed stori geni menyw arall.

Un o'r pethau anoddaf am fod yn fam yw hyn: ar yr adeg pan mae angen gorffwys ac adferiad arnom fwyaf, rydyn ni'n cael ein taflu i fyd o nosweithiau di-gwsg a gofalu am berson arall drwy'r amser, heb fawr ddim amser i ofalu amdanom ni ein hunain. Felly, does fawr o syndod bod y profiad cynnar o fod yn fam i rai yn wahanol iawn i'r hyn roedden nhw wedi'i obeithio a'i ddychmygu. Maen nhw'n methu creu cwlwm gyda'u babi, ac yn teimlo'n isel ac yn anobeithiol oherwydd eu bod wedi ymlâdd, bod y gwaith mor ddidrugaredd a'r unigrwydd o ofalu am faban newydd-anedig yn llethol.

A phe na bai hynny'n ddigon, yn lle cydymdeimlad, fe welwn ni fod mamau newydd yn cael eu beirniadu: am fwydo ar y fron, neu beidio â bwydo ar y fron; am gyd-gysgu, neu am roi'r babi mewn crud; am ddefnyddio technegau hyfforddiant cwsg, neu am godi'r babi cyn gynted ag y bydd yn crio. Does ryfedd bod cynifer ohonom ni'n cael ein llethu gan euogrwydd.

Ychydig flynyddoedd yn ôl, fe wnes i a Seren ddod i gyfarfod unwaith eto. Ar ôl i ni sgwrsio rhywfaint, fe wnaethom ni siarad eto am ei phrofiad geni, a minnau'n sylweddoli, hyd yn oed 25 mlynedd yn ddiweddarach, fod y profiad yn dal i fod yn fyw yn ei chof. Yn anffodus, dydy hyn ddim yn anghyffredin: yn y British Trauma Association, rydyn ni wedi dysgu y gall effaith genedigaeth drawmatig fod yn ddwfn ac yn barhaus. Er bod gan y proffesiwn meddygol ddealltwriaeth well o lawer erbyn hyn o'r problemau iechyd meddwl y gall menywod eu hwynebu ar ôl rhoi genedigaeth a sut i'w trin, mae llawer mwy y gellid ei wneud. Weithiau, mae yna bobl sydd o hyd yn dweud wrth fenywod am godi eu calon, neu'n eu hannog i fod yn ddiolchgar am fod ganddyn nhw faban iach. Byddai'n braf pe bai mor hawdd â hynny.

Dyma lyfr y byddwn i wedi hoffi ei roi i fy ffrind yr holl flynyddoedd hynny yn ôl. Mae Lucy Jolin wedi ysgrifennu canllaw hollol anfeirniadol ar iselder ôl-enedigol a thrawma geni. Ar ôl bod drwy'r profiadau hyn ei hun, mae hi'n deall y gofid emosiynol y mae cynifer o fenywod yn ei brofi, a pha mor unig y gallan nhw deimlo. Mae ei llyfr yn llawn cyngor da am ddysgu caru eich babi, llywio perthnasoedd gyda'ch teulu a gofalu am eich anghenion chi eich hun. Y neges bwysicaf yw nad ydych chi ar eich pen eich hun: dydy teimlo fel hyn ddim yn anarferol, ac mae'n wir, daw eto haul ar fryn.

Os ydych chi'n fam sy'n teimlo'n isel neu wedi dioddef trawma, heb unman i droi, cymerwch gysur yn y ffaith eich bod chi wedi gwneud y peth iawn drwy godi'r llyfr hwn. Darllenwch y canllaw doeth, tosturiol ac ystyriol hwn ar ymdopi â thrawma geni ac iselder ôl-enedigol, gan wybod eich bod yn cymryd y cam cyntaf tuag at wella.

Dr Kim Thomas, Prif Swyddog Gweithredol,
The British Trauma Association

Cyflwyniad

Nid llyfr am ba mor ofnadwy yw bod yn fam yw hwn. Does yna fawr o deimladau mwy cofiadwy na dal eich plentyn yn agos, mewnanadlu ei oglau arbennig, ei weld yn cymryd camau bach oddi wrthych ar draws y gegin am y tro cyntaf fel anifail bach doniol, neu wylio ei wyneb llawen wrth iddo weld jiráff am y tro cyntaf. Mae plant yn wych. Dyna pam ein bod ni'n eu cael nhw.

Ond yr hyn sy'n anodd dod i delerau ag ef – a'i esbonio wrth eraill – yw'r teimladau negyddol sydd hefyd yn rhan annatod o fod yn fam, a'r agweddau anodd ar hynny. Mae gofal yr ymwelydd iechyd wedi dod i ben, mae eich partner yn ôl yn y gwaith, mae'r tusw olaf o flodau yn y bin compost, a bellach rydych chi ar eich pen eich hun. Pan fyddwch chi wedi'ch cleisio ac wedi ymlâdd ar ôl yr enedigaeth ac yn wynebu babi sy'n sgrechian am bedwar o'r gloch y bore ar noson rewllyd ym mis Ionawr, mae'n ymddangos yn amhosib y bydd bywyd yn gwella. Allwch chi ddim dychmygu pen draw i'r dyddiau hir ac unig, gyda chithau'n gwneud dim ond bwydo, newid cewynnau a syllu ar y waliau.

Yn sicr, fe ges i'r cyfnod pontio i fod yn fam yn anodd. Roeddwn i wedi breuddwydio am enedigaeth naturiol i fy mab. Fel y digwyddodd, fe ddechreuais i esgor fis yn gynnar a ches i ddim mynd i'r ganolfan eni, gyda'i phyllau mawr a'i pholisïau ystyriol o bartneriaid. Gwireddwyd fy ofnau, a finnau'n glanio ar wastad fy nghefn ac wedi fy nghysylltu â thua chwe gwahanol fath o gathetr, monitor a drip.

Cafodd fy mab ei eni ar ôl 20 awr lethol yn esgor. Roedd y llinyn bogail o amgylch ei wddf ddwywaith. Roedd yn cadw ei lusgo yn ôl y tu mewn i mi, a dyna pam roedd yn rhaid i'r meddyg ei dynnu allan yn y pen draw gyda gefeiliau. Pan wnaeth y fydwraig ei roi ar fy mron, deimlais i ddim oll. Fe wnaeth yr ysbyty fynnu ein bod ni'n aros yno am dridiau. Pan gyrhaeddon ni adre o'r diwedd, fe ddechreuais i feichio crio. Dwi'n cofio dweud wrth fy ngŵr: 'Nawr ei fod o adra, dydw i ddim yn gwybod beth i'w wneud ag o.' Drannoeth, galwodd yr ymwelydd iechyd a dweud fod clefyd melyn difrifol ar fy mab ac y dylen ni fynd ag e yn ôl i'r ysbyty ar unwaith. Yno fuom ni am bedwar diwrnod arall ac, yn yr amser hwnnw, fe ystyriais o ddifri gerdded allan o'r ysbyty ac i fyny'r ffordd ddeuol hyd nes y byddwn i'n methu cymryd yr un cam arall. Dwi'n meddwl yn aml tybed a ddylwn i fod wedi rhedeg i ffwrdd. Efallai y byddwn i wedi cael help yn gynt pe bawn i wedi gwneud hynny.

Nôl gartref eto, roeddwn i'n teimlo ofn a dychryn ac ar fy mhen fy hun yn llwyr. Roedd fy nheulu yn wych ond roeddwn i'n rhy ofnus i ofyn am fwy o help. Fe wnes i grio bob dydd am bedwar mis. Roeddwn i'n rhy ofnus i ddweud wrth fy ymwelydd iechyd sut roeddwn i'n teimlo.

Cyn yr enedigaeth, roeddwn i wedi bod yn fenyw hapus a hyderus, ac yn edrych ymlaen yn eiddgar at yr hyn roeddwn i'n sicr fyddai'n fwndel bach o lawenydd. Roeddwn i nawr yn teimlo fel robot, yn glanhau ac yn bwydo fy mab yn fecanyddol, gan deimlo dim byd tuag ato. Roeddwn i'n rhy ofnus i fynd i grwpiau mam a'i phlentyn rhag ofn y bydden nhw'n llawn mamau llawen a bodlon. I bob cyfeiriad, roedd menywod eraill fel pe baen nhw'n cael amser wrth eu bodd – felly pam nad oeddwn i?

Mae popeth yn newid ar ôl cael babi, mewn ffyrdd na allwch chi eu dychmygu. Rydyn ni i gyd mor barod ag y gallwn ni am yr agweddau ymarferol – newid cewynnau, bwydo ar y fron, nosweithiau di-gwsg, ac ati. Ond sut mae ymdopi â'r emosiynau negyddol? Pan fyddwch chi'n beichio crio bob tro y byddwch chi'n ail-fyw geni eich babi? Pan fydd gweld stori geni bositif ar Facebook neu Instagram yn eich anfon i bwll o iselder? Pan na fyddwch chi'n teimlo'r cariad a'r boddhad y mae pob menyw arall fel pe bai'n eu teimlo? A phan mae eich partner, a oedd yn deall pob un o'ch emosiynau cyn yr enedigaeth, bellach yn ei chael hi'n anodd deall beth rydych chi'n ei brofi?

Wrth gwrs, dydy pawb ddim yn teimlo fel hyn. I lawer, bydd bod yn fam yn foddhad di-ben-draw. Efallai na fu'r geni ei hun y profiad gorau, ond maen nhw'n gallu symud ymlaen. Maen nhw'n creu cwlwm â'u plentyn. Ac efallai y byddan nhw'n ei chael hi'n anodd deall nad yw menywod eraill yn teimlo'r un peth.

Faint ohonom ni sy'n ei chael hi'n anodd bod yn fam? O ran ystadegau moel, mae arbenigwyr yn amcangyfrif y bydd un o bob chwe mam newydd yn dioddef iselder ôl-enedigol. Mae rhai'n credu bod y ffigur go iawn lawer yn uwch, oherwydd bod llawer o fenywod yn ei chael hi'n anodd cyfaddef eu bod nhw'n teimlo'n isel. Mae'r British Trauma

Association yn amcangyfrif y gall hyd at 200,000 o fenywod bob blwyddyn deimlo eu bod wedi'u trawmateiddio gan yr enedigaeth. Mae tua 30,000 ohonyn nhw'n datblygu PTSD o ganlyniad i hyn. Yn sicr, mae yna lawer o famau newydd anhapus allan yna.

Mae gennym ni ddisgwyliadau uchel o fod yn fam. Does fawr o syndod: wedi'r cyfan, mae yna ddiwydiant llewyrchus wedi datblygu o gwmpas bod yn fam. Gyda delweddau ffocws meddal, cerddoriaeth ymlaciol a geiriau cysurlon, maen nhw'n addo genedigaeth a dyddiau cynnar bod yn fam sy'n berffaith: bydd popeth yn iawn os byddwn ni'n darllen y llyfrau iawn, yn gwneud yr ymarferion iawn, yn dilyn y cyfrifon Instagram iawn, yn prynu'r bygi neu'r flanced iawn. Felly, rydyn ni'n gwneud yr hyn maen nhw'n ei ddweud wrthym ni am ei wneud, ac yna rydyn ni'n clywed ein bod ni'n dwp am gredu y gallai hyn helpu. Mae cryn ddadlau ynglŷn ag a ydy 'disgwyliadau uchel' menywod o enedigaeth yn cyfrannu at ein teimladau negyddol wedi hynny. Mae yna enw ar y math yna o annifyrrwch: beio'r dioddefwr.

Pan ysgrifennais i'r argraffiad cyntaf o'r llyfr hwn, roedd siarad am drawma geni ac iselder ôl-enedigol yn bwnc tabŵ. Roedd hi'n anodd dod o hyd i fenywod a oedd yn barod i siarad yn gyhoeddus am sut roedden nhw'n teimlo. Pan benderfynais i ysgrifennu am fy mhrofiadau o'r ddau, yn un o'r cylchgronau mwyaf poblogaidd i fenywod yn y Deyrnas Unedig, fe ges i fy synnu gan y don o ymateb cadarnhaol, ond efallai na ddylwn i fod wedi fy synnu. Roeddwn i'n meddwl fy mod i'n ffrîc. Ond o ddeall, roeddwn i'n normal. Ers hynny, mae proffil cyhoeddus trawma geni ac iselder ôl-enedigol wedi cynyddu'n aruthrol. Ar un llaw, dwi'n falch o weld bod cynifer o fenywod bellach yn teimlo y gallan nhw rannu eu straeon a gofyn am gymorth: mae gan dudalen gymorth mam-i-fam y British Trauma Association ar Facebook fwy na 7,000 o aelodau erbyn hyn. Ar y llaw arall, dwi'n teimlo'n drist nad yw'r cynnydd hwn mewn ymwybyddiaeth o reidrwydd wedi arwain at gynnydd yn y cymorth sydd ar gael i ni.

Mae'r llyfr hwn yn trafod yr agweddau hynny ar fod yn fam nad yw'r selebs mor awyddus i'w rhannu gyda'r cyhoedd sy'n eu haddoli. Mae'n rhoi sylw i drawma geni, iselder ôl-enedigol, sut mae ein perthynas gyda'n hanwyliaid yn newid, creu cwlwm â'ch babi, dod o hyd i ddull rhianta sy'n gweddu i chi, a dysgu byw gyda'ch bywyd a'ch siâp corff newydd. Mae gan bawb farn am fod yn rhiant, a dydw i ddim am orfodi fy marn i arnoch chi. Yr oll dwi am ei wneud yw eich helpu i ddod o hyd i'r llwybr gorau i chi a'ch teulu.

Hoffwn i ddiolch i'r menywod gwych a siaradodd â mi ar gyfer y llyfr hwn. Mae rhai ohonyn nhw'n ffrindiau ac yn gydweithwyr, ond fe wnaeth y rhan fwyaf ymateb i geisiadau am gymorth ar fforymau Mumsnet a Netmums. Roedd y menywod hyn, nad oedden nhw erioed wedi cwrdd neu siarad â mi o'r blaen, yn barod i roi o'u hamser gwerthfawr i sôn am brofiadau poenus, trawmatig neu lawn cywilydd. Dydyn ni ddim wedi'u henwi'n llawn yn y llyfr, oherwydd fy mod i eisiau iddyn nhw allu siarad heb ofni dial neu edliw. Fenywod, rydych chi'n gwybod pwy ydych chi ac alla i ddim diolch digon i chi. Hoffwn ddiolch hefyd i'r British Trauma Association, lle treuliais nifer o flynyddoedd hapus iawn fel swyddog cyfryngau gwirfoddol a chael y fraint o glywed straeon a phrofiadau llawer o famau a helpodd ni i barhau i godi ymwybyddiaeth o'r cyflwr.

Mae wedi bod yn daith hir a rhyfedd tuag at lawenydd bod yn fam i mi, ac fe fyddwn i wedi hoffi cael llyfr i'm helpu ar hyd y ffordd. Mae miloedd o lyfrau, cyrsiau a gwefannau sy'n ceisio eich helpu i gael genedigaeth berffaith. Mae'r rhan fwyaf ohonyn nhw yn gorffen wrth ddrws yr ysbyty. Ond pan fydd y cyffuriau lleddfu poen yn gwanhau, dyna pryd y bydd angen help, sicrwydd a chefnogaeth arnoch fwyaf. A bydd gwybod nad ydych chi ar eich pen eich hun yn help.

1

Dod i delerau â genedigaeth drawmatig

Four themes emerged that described the essence of women's experiences of birth trauma: To care for me: Was that too much to ask? To communicate with me: Why was this neglected? To provide safe care: You betrayed my trust and I felt powerless, and: The end justifies the means: At whose expense? At what price?

Cheryl Beck, Athro Nyrsio, Prifysgol Connecticut

Drwy gydol fy meichiogrwydd, wnes i erioed glywed unrhyw un yn sôn am drawma geni. Fe gafodd fy mam bump o blant, heb unrhyw feddyginiaeth lleddfu poen heblaw gyda'r plentyn cyntaf (a hynny yn groes i'w hewyllys). O ganlyniad, roeddwn i bob amser yn cymryd yn ganiataol y byddwn i'n iawn.

Ar ôl genedigaeth fy mab, doeddwn i ddim yn gallu deall pam na allwn i beidio ag obsesu am y peth. A dweud y gwir, fe wnes i ddechrau pryderu a oedd epidwral 'y peth iawn i'w wneud' wrth i mi ei gael. Am fisoedd wedyn, roeddwn i'n dal i gystwyo fy hun. Roeddwn i'n cael breuddwydion ofnadwy lle byddwn i'n gaeth i fy ngwely, yn methu dianc. Bob tro y byddwn i'n meddwl am yr esgor, fe fyddwn i'n dechrau crio ond heb allu dweud pam – wedi'r cyfan, roeddwn i'n iawn. Doeddwn i ddim wedi marw, doedd fy mhlentyn ddim wedi marw; fe ddylwn i fod yn ddiolchgar a rhoi'r gorau i gwyno.

Mae'n bosib gwella o drawma geni, ond, er mwyn gwneud hynny, mae'n rhaid cydnabod y profiad a'i gyfaddef. Dydy e ddim yn gyflwr cyfarwydd. Dydy e ddim yn rhywbeth mae eich bydwraig yn debygol o ofyn amdano, a dydy e ddim yn rhywbeth mae eich ffrindiau yn debygol o gyfaddef iddo. Os ydych chi'n meddwl eich bod chi'n dioddef o drawma geni, da iawn chi; rydych chi wedi cymryd y cam cyntaf i wella.

Catrin
Dwi'n teimlo bod pob mam i fi ei 'nabod erioed wedi dweud celwydd wrtha i (pam bod nhw i gyd yn sôn eu bod nhw'n teimlo pethau nad ydw i erioed wedi'u teimlo?). Mi wnaeth yr enedigaeth (saith awr, ond didrafferth) godi arswyd arna i hefyd – nid dyna ydy natur ar ei orau, tasech chi'n gofyn i fi. Ac o ran geni fy merch, mi oedd 'na ebychiadau a dagrau o lawenydd gan bawb heblaw fi. Y cyfan wnes i oedd gorwedd yno efo'r babi ar fy mrest, yn meddwl be' ddiawl oeddwn i fod i deimlo nesaf.

Beth yw trawma geni?

Byddai'n werth chweil i ni yma ddiffinio'r hyn rydyn ni yn ei olygu wrth drawma geni, gan fod y term hefyd yn cael ei ddefnyddio gan weithwyr proffesiynol meddygol i ddisgrifio anafiadau corfforol sy'n cael eu dioddef gan fam neu blentyn yn ystod geni. Mae'r British Trauma Association yn diffinio'r math rydyn ni'n ei drafod yn y llyfr hwn fel PTSD ar ôl geni, felly dyna fydd ei ystyr yma o hyn ymlaen.

Er bod y rhan fwyaf ohonom yn gyfarwydd â'r cysyniad o PTSD yn dilyn digwyddiad trawmatig iawn, er enghraifft trais, ymosodiad terfysgol neu ddamwain car, mae'n anodd credu ei fod weithiau'n gysylltiedig â digwyddiad 'naturiol' fel geni plentyn. Yn benodol, gall fod yn anodd stumogi'r ffaith y gall PTSD gael ei achosi gan y profiad hapusaf ym mywyd menyw, yn ôl y sôn.

Fodd bynnag, mae tystiolaeth gynyddol i awgrymu y gall PTSD ddigwydd wedi rhoi genedigaeth. Fel y mae'r British Trauma Association yn ei nodi:

> *A traumatic experience can be any experience involving the threat of death or serious injury to an individual or another person close to them (e.g. their baby) so it is now understood that PTSD can be a consequence of a traumatic birth.*

Mae bodolaeth PTSD ar ôl rhoi genedigaeth wedi cael ei gwestiynu. Yn y gyfrol *Diagnostic and Statistical Manual of Mental Disorders* (DSM III), mae'r American Psychiatric Association yn datgan mai dim ond ar ôl digwyddiad anghyffredin, llawn straen, y gall PTSD ddigwydd. Y ddadl oedd fod genedigaeth yn rhan o'n profiad cyffredin ac felly nad oes modd ei ystyried fel rhywbeth 'annormal'. Fodd bynnag, mewn argraffiad diweddarach a gyhoeddwyd yn 2000 (DSM-IV-TR), ehangwyd y diffiniad o ddigwyddiad straen i un sy'n cael ei ystyried yn fygythiol gan ddioddefwr neu dyst. Fe fyddai rhoi genedigaeth yn sicr yn perthyn i'r categori hwn.

Mae'r rhifyn diweddaraf (DSM-5), a gyhoeddwyd yn 2013, yn diffinio sbardun PTSD fel profi marwolaeth, anaf difrifol neu drais rhywiol, neu fygythiad ohonyn nhw yn uniongyrchol. Rhaid i'r profiad ddeillio o un neu fwy o'r senarios canlynol, lle mae'r unigolyn

- yn profi'r digwyddiad trawmatig yn uniongyrchol;
- yn dyst personol i'r digwyddiad trawmatig;
- yn dysgu bod y digwyddiad trawmatig wedi digwydd i berthynas neu ffrind agos (gyda'r farwolaeth neu'r bygythiad o farwolaeth naill ai'n dreisgar neu'n ddamweiniol);
- yn dod yn uniongyrchol ar draws, yn aml neu'n eithafol, fanylion atgas y digwyddiad trawmatig (nid drwy'r cyfryngau, lluniau, teledu neu ffilmiau oni bai eu bod yn gysylltiedig â gwaith).

Mae hefyd yn bosib dadlau, yn enwedig yn achos plentyn cyntaf, nad yw'r rhan fwyaf o fenywod sy'n byw yn y byd datblygedig erioed wedi gweld menyw arall yn rhoi genedigaeth, ac mae'r profiad yn un anghyffredin iawn o'r herwydd. Roedd fy mhrofiad i'n gyfyngedig i fideo mewn dosbarth bioleg pan oeddwn i'n 15 oed (fy atgof pennaf o'r wers yw corws cyffredinol o 'ych-a-fi' ac ebychiadau tebyg, ac un ferch yn rhedeg allan o'r dosbarth yn mynnu ei bod hi'n mynd i chwydu) a nifer o enedigaethau ar y teledu, gan amlaf gyda dogn helaeth o waed, doctoriaid yn gweiddi a mamau'n sgrechian. Fel arfer, fe fyddai'r trueiniaid yma naill ai'n marw, gan adael gwŷr dagreuol yn magu babi sy'n sydyn yn lân, heb arlliw o waed na llysnafedd, neu'n cael dihangfa wyrthiol ac yn yfed paned o de bum munud yn ddiweddarach, yn edrych fel pe baen nhw newydd gerdded allan o salon trin gwallt. Dwi'n amau bod llawer iawn o fenywod yn fy nghenhedlaeth i wedi cael yr un profiad, heb unrhyw syniad o realiti geni nes oedd ein coesau ni yn y gwartholion.

Mae'n cael ei dderbyn bellach fod canran yr achosion o PTSD ar ôl geni tua 2-5%. Fodd bynnag, mae sawl astudiaeth wedi nodi cyfran uwch. Nododd Soet, Brack a Delorio PTSD ymhlith 34% o'r cyfranogwyr, gyda 1.9% yn datblygu holl symptomau PTSD a 30.1% yn datblygu rhai symptomau. Canfu Czarnocka a Slade fod 3% o'r cyfranogwyr yn dangos lefelau clinigol arwyddocaol o PTSD a bod 24% yn dangos rhai symptomau – mewn astudiaeth o fenywod a oedd wedi cael genedigaethau 'normal'. Canfu Creedy, Shochet a Horsfall fod o leiaf tri symptom trawma gan un o bob tair o'r menywod a gafodd eu cyfweld, tra bod 5.6% arall yn bodloni'r meini prawf ar gyfer PTSD acíwt. Mae hefyd yn bwysig nodi nad problem i famau yn y byd datblygedig yn unig yw PTSD ar ôl geni. Mewn astudiaeth gan Adewuya, Ologu ac Ibigbami o PTSD ar ôl geni ymhlith menywod Nigeria, roedd arwyddion ohono mewn 5.9% o'r cyfranogwyr.

Ar lefel gwbl anecdotaidd, ni wnaeth yr un o'r menywod i fi eu cyfweld ar gyfer y bennod hon geisio unrhyw gyngor meddygol ar gyfer PTSD, ac mae hynny'n awgrymu bod y niferoedd heb eu hadrodd yn llawer uwch. Roedd y rhan fwyaf yn teimlo y dylen nhw 'ddod drosti' ar eu pennau eu hunain, gydag eraill yn poeni am gael anhwylder seiciatrig ar eu cofnodion meddygol.

Jên
Dwi'n dod o deulu sy'n arfer ag ymdopi. Felly fe wnes i ymdopi.

Hanes geni yn gryno

Mae'n debyg bod trawma geni mor hen â genedigaeth ei hun. Tan yn ddiweddar, roedd yn rhaid i fenywod ddibynnu ar fawr ddim ond lwc wrth esgor (ac mae hynny'n dal yn wir mewn sawl rhan o'r byd). Os oeddech chi'n gyfoethog, fe allech chi droi at feddyg profiadol neu fydwraig o'ch dewis. Os oeddech chi'n dlawd, allech chi ddisgwyl dim mwy na gwraig hysbys neu gymorth eich mam. Roedd marwolaethau mamau a babanod yn gyffredin, a phoen yn rhywbeth roedd yn rhaid i chi ei dderbyn.

A dweud y gwir, pan gyflwynwyd meddyginiaeth lleddfu poen gyntaf, roedd llawer o feddygon yn cwestiynu ei defnydd ar gyfer geni. Eu dadl nhw oedd y dylai menywod deimlo poen. Roedd yn agwedd angenrheidiol ar eni, barn Duw ei hun yn dilyn camwedd Efa yng Ngardd Eden: 'Wrth y wraig y dywedodd, Gan amlhau yr amlhaf dy boenau di a'th feichiogi: mewn poen y dygi blant' (Genesis 3.16).

Yn 1853, gwelwyd cam enfawr ymlaen o ran lleddfu poen yn ystod geni pan roddwyd clorofform i'r Frenhines Victoria gan Dr John Snow wrth iddi eni ei mab, y Tywysog Leopold. Ei hwythfed plentyn oedd y mab newydd, felly doedd hi fawr o syndod bod Victoria yn awyddus i roi cynnig ar ddulliau newydd o leddfu poen. Fodd bynnag, cafodd y driniaeth newydd radical hon ei hwfftio gan y cyfnodolyn meddygol *The Lancet*, a oedd yn doethinebu mewn erthygl olygyddol:

> *In no case could it be justifiable to administer chloroform in perfectly ordinary labour; but the responsibility of advocating such a proceeding in the case of the Sovereign of these realms would, indeed, be tremendous. Probably some officious meddlers about the Court so far overruled Her Majesty's responsible professional advisers as to lead to the pretence of administering chloroform, but we believe the obstetric physicians to whose ability the safety of our illustrious Queen is confided do not sanction the use of chloroform in natural labour.*

Ond cafwyd esboniad gan Snow ei hun hefyd:

> *I commenced to give a little chloroform with each pain, by pouring about 15 minims by measure on a folded handkerchief. The first stage of labour was nearly over when the chloroform commenced. Her Majesty expressed great relief from the application, the pains being trifling during the uterine contractions, and whilst between the periods of contraction there was complete ease.*

Ar ôl iddi eni'n llwyddiannus, aeth ymlaen i nodi bod y Frenhines yn ymddangos yn siriol ac yn iach, ac wedi mynegi ei bod hi'n fodlon iawn ag effaith y clorofform.

Mae'n bosib bod meddygon parchus *The Lancet* wedi anghymeradwyo, ond roedd esiampl y Frenhines yn golygu bod meddyginiaeth lleddfu poen yma i aros. Yn raddol, daeth meddygon a genedigaethau ysbytai yn gyffredin, gyda nifer y genedigaethau cartref dan oruchwyliaeth bydwragedd yn unig yn gostwng. Yn raddol hefyd, dechreuwyd defnyddio cyffuriau cryfach fel morffin a sgopolamin yn lle clorofform. Symudodd gofal mamolaeth o lofftydd i wardiau esgor.

Fodd bynnag, yn sgil meddygoli genedigaeth, daeth problemau newydd i fenywod ymdopi â nhw wrth esgor. Daeth y defnydd o strapiau trwm a gwartholion i reoli menywod dan gyffur, ac enemâu i'w 'carthu' cyn geni, yn gyffredin. Mae fy mam yn cofio meddygon yn rhoi cathetr iddi heb anesthetig ychydig funudau ar ôl geni fy mrawd yn y 1970au, fel rhan o 'astudiaeth'. Dwi'n ei chofio hi'n mynnu bod y boen honno yn waeth na phoen y geni.

Unwaith roedden nhw wedi eu geni, y drefn arferol oedd tynnu babanod oddi wrth eu mamau, eu sgwrio'n lân a'u rhoi nhw mewn wardiau ar wahân, gan ddod â nhw at eu mamau ar adegau bwydo penodol. Mor gynnar â 1958, roedd cylchgronau yn yr Unol Daleithiau yn tynnu sylw at erchyllterau mewn wardiau esgor, wrth i fenywod rannu hanesion a fydd yn gyfarwydd iawn i bawb sydd wedi astudio neu brofi trawma geni heddiw.

Daeth tro ar fyd eto yn y 1960au gyda'r ddamcaniaeth o eni 'naturiol' di-gyffur a oedd yn cael ei harddel gan Grantly Dick-Read yn ei lyfr *Childbirth without Fear*. Fel yn achos clorofform, roedd gwaith arloesol Dick-Read yn cael ei wawdio gan y sefydliad meddygol. Ond fe wnaeth eraill, fel y meddyg Ffrengig Fernand Lamaze, dderbyn ei syniadau a'u datblygu ymhellach.

Yn ddiweddarach, yn y 1970au, cyflwynwyd y technegau lleddfu poen modern sy'n gyfarwydd i ni heddiw – pethidin, yr epidwral a'r defnydd o nwy ac aer. Ond wnaeth y ddelfryd o eni hollol 'naturiol', heb unrhyw gyffuriau, ddim diflannu yn sgil y datblygiadau hyn. Os rhywbeth, daeth yn fwy o beth wrth i ymarferwyr fel Janet Balaskas a Sheila Kitzinger argymell 'geni rhydd' ('*active birth*'), gyda'r ddarpar fam ar ei thraed neu yn ei chwrcwd yn hytrach nac yn gorwedd ar wely. Fe ddaeth meddygon yn fwy ymwybodol hefyd o bwysigrwydd creu cwlwm rhwng mam a babi yn syth ar ôl geni.

Erbyn heddiw, y drefn arferol yn ysbytai'r Deyrnas Unedig yw rhoi'r babi ar fron y fam cyn gynted ag y caiff ei eni, os yw cyflwr y babi yn caniatáu hynny. Gallwn ddewis geni gartref, os yw ein bydwragedd yn gefnogol. Mewn rhai ardaloedd, fe allwn ni ddewis mynd i ganolfan eni dan arweiniad bydwraig. Mae rhai ysbytai bellach yn cynnig canolfannau geni o'r fath ar y safle, fel ei bod hi'n hawdd trosglwyddo i wardiau os bydd rhywbeth yn mynd o'i le. Mae'n bosib dewis o blith llu o ddosbarthiadau cyn-geni sy'n addysgu technegau yn amrywio o anadlu i hypnotherapi, heb sôn am beiriannau ysgogi'r nerfau yn drydanol drwy'r croen (TENS), peli geni, cerddoriaeth morfil tawel, meddyginiaethau homeopathig a phyllau geni. Bellach, mae croeso i dadau yn yr ystafell esgor. Ond mae llawer o fenywod yn dal i gael profiadau geni trawmatig. Dim ond megis dechrau deall y rhesymau am hynny ydyn ni.

Sut rydw i'n gwybod a oes gen i PTSD ar ôl geni?

Efallai bod yr achos yn wahanol, ond mae symptomau PTSD yn debyg i symptomau PTSD yn dilyn digwyddiadau eraill.

Fe wnaeth y menywod i fi eu cyfweld ar gyfer y bennod hon grybwyll y canlynol:

- ôl-fflachiau, hunllefau ac atgofion parhaus;
- ffobia o ysbytai;
- teimlo'n benderfynol o beidio byth â chael babi arall oherwydd bod gormod o ofn arnyn nhw;
- ofn cael rhyw ac o gael triniaethau syml, fel profion ceg y groth neu osod coil atal cenhedlu;
- teimlo euogrwydd dwys – euog nad oedd yr enedigaeth wedi mynd yn ôl y disgwyl, euog eu bod nhw wedi niweidio eu plant mewn rhyw ffordd drwy fethu creu cwlwm â nhw, euog nad oedden nhw wedi gwireddu'r ddelfryd o eni naturiol.

Mae'r rhain i gyd yn symptomau nodweddiadol o PTSD.

Tua deufis ar ôl i fi roi genedigaeth, fe wnes i gwrdd â ffrind a oedd hefyd wedi cael plentyn yn ddiweddar. Roedd ei sefyllfa hi'n wahanol iawn i fy un i. Roedd hi wedi esgor ar ôl 28 wythnos o feichiogrwydd. Un cilogram (2 bwys) oedd pwysau geni ei merch fach a chafodd ei hanfon yn syth i'r uned gofal arbennig i fabanod, lle arhosodd am y tri mis nesaf. Bu'n rhaid i'r babi gael sawl trallwysiad gwaed a sawl llawdriniaeth. Roedd sawl adeg pan oedd fy ffrind yn amau a fyddai ei phlentyn yn goroesi.

Ar ôl yr holl boen a thrallod hwn, doeddwn i ddim yn gallu deall pam nad oedd hi'n dioddef o drawma – ond fy mod i. Efallai fy mod i'n gwneud ffwdan am ddim byd. Efallai fy mod i'n wan. Wedi'r cyfan, doeddwn i ddim wedi treulio dyddiau'n eistedd gyda fy mhlentyn yn meddwl a fyddai'n byw neu'n marw. Doeddwn i ddim wedi geni mor gynnar fel bod fy mol i prin yn dangos arwydd o feichiogrwydd. Doeddwn i ddim wedi gorfod gwylio fy mhlentyn yn cael triniaethau poenus dros ben, neu fyw gyda'r pryder y byddai'n dioddef niwed i'r ymennydd neu anabledd corfforol. Y cyfan oedd wedi digwydd i fi oedd genedigaeth hir, boenus ac yna gorfod aros yn yr ysbyty pan ddatblygodd fy mhlentyn y clefyd melyn. Pa hawl oedd gen i i ddioddef trawma pan oedd problemau fy ffrind ganwaith gwaeth na fy rhai i?

Fe wnes i ddod o hyd i'r ateb yng ngwaith ymchwil Cheryl Beck, Athro Nyrsio ym Mhrifysgol Connecticut, Unol Daleithiau America, a nododd yn blwmp ac yn blaen: 'Birth trauma is in the eye of the beholder.' Mewn geiriau eraill, os oedd y profiad o eni'n drawmatig yn eich barn chi, yna roedd hi'n enedigaeth drawmatig. Does dim swm penodol o waed i'w golli, er enghraifft, neu lefel benodol o boen sy'n rhoi'r hawl i chi alw genedigaeth yn un drawmatig. Fel y dywed Judy Crompton, bydwraig a therapydd trawma o Seland Newydd: 'Above all, it needs to be borne in mind that it is the person's perception of the event which traumatizes them, not another person's perceptions of whether an event should or should not be traumatic.'

> ***Nia***
> *Rwy'n teimlo mai'r enedigaeth achosodd fy iselder ôl-enedigol. Roeddwn i'n teimlo fel methiant am beidio â gallu geni'n iawn. I fi, roedd e'n debycach i straen ôl-drawmatig.*

Beth sy'n achosi trawma geni?

Mae'n amhosib dweud i sicrwydd a fydd menyw yn profi PTSD ar ôl geni. Fodd bynnag, mae rhai ffactorau risg wedi dod i'r amlwg, gan gynnwys:

- toriadau Cesaraidd brys a genedigaethau yn defnyddio offer;
- ofnau am ddiogelwch babi;
- teimlo diffyg cefnogaeth gan y partner;
- staff yn cadw gwybodaeth rhag y fenyw am yr hyn sy'n digwydd yn ystod yr enedigaeth neu ar ôl hynny, neu sy'n ddiystyriol neu'n anghwrtais;
- hanes o gam-drin rhywiol neu dreisio (mae rhai arbenigwyr yn credu bod modd i eni plentyn sbarduno atgofion o'r profiadau hyn);
- poen yn ystod camau cyntaf esgor;
- diffyg cefnogaeth ar ôl geni;
- marw-enedigaethau;
- ôl-ofal annigonol;
- diffyg 'rheolaeth' wrth esgor;
- geni yn dilyn cyneclampsia difrifol;
- geni babi â phwysau isel;
- iselder yn ystod beichiogrwydd;
- mesurau lleddfu poen aneffeithiol.

> ***Jên***
> *Fe aethon nhw â hi [fy mabi] i ffwrdd yn ddiseremoni. Daeth yr unig wybodaeth oherwydd bod fy mhartner wedi mynd i'w gweld hi ac fe ddywedon nhw wrtho nad oedd hi'n ymateb a bod angen ei*

rhoi hi ar beiriant anadlu. Ches i ddim rhagor o wybodaeth tan 10 o'r gloch fore trannoeth, ac fe es i weld fy mabi gyda fy mhartner. Roedd y diffyg cyfathrebu rhwng y staff a mamau'r babis sâl yn ofnadwy. Wnaeth neb gynnig mynd â fi i'w gweld hi yn ystod yr holl amser roeddwn i'n ffaelu symud. Roedd yn rhaid i fi aros am fy mhartner, fy mam neu ffrind. Wnaeth neb ffonio'r ward i ofyn beth oedd yn digwydd neu roi gwybod i fi am unrhyw newid, dim hyd yn oed ei chyflwr cyffredinol ... dwi'n dal i gael hunllefau. Dwi ar fws a dwi'n colli fy mabi. Dwi'n troi rownd a dyw hi ddim yno, a dwi'n dechre sgrechian.

Mae meddygoli cynyddol geni a'r hyn y mae rhai yn ei weld fel gorawydd gan lawfeddygon i ddewis genedigaethau Cesaraidd brys wedi cael ei grybwyll fel un o achosion posib ymddangosiad PTSD. Fodd bynnag, mae'n ddiddorol nodi bod llawer o fenywod i'w gweld yn profi PTSD ar ôl geni drwy'r wain – canfu un astudiaeth o 1,550 o fenywod fod y rhan fwyaf o'r menywod a soniodd am symptomau trawma wedi geni drwy'r wain. Mae'n bosib bod dull ac amgylchedd yr enedigaeth, yn hytrach na natur yr enedigaeth, yn ffactorau pwysicach wrth benderfynu a yw mam yn datblygu PTSD ai peidio.

Dro ar ôl tro yn fy nghyfweliadau, mae cyfeiriadau at ddiffyg rheolaeth yn codi, ymhlith menywod sydd wedi geni drwy'r wain ac ymhlith y rhai sydd wedi cael toriad Cesaraidd. I ddyfynnu'r seicolegydd Americanaidd Sarah Allen, ar ôl iddi gyfweld 20 o fenywod ddeng mis ar ôl iddyn nhw eni plant: 'Pain, past experiences and beliefs that their baby would be harmed led to feeling out of control, which was maintained by failed attempts to elicit practical and emotional support from staff and partners.'

Grug

O ystyried 'mod i wedi cael llawdriniaeth fawr, roedd yr ôl-ofal yn ofnadwy, mewn ward orlawn heb ddigon o staff. Ar ôl gadael y theatr, ches i ddim cyffuriau lleddfu poen am bron i 24 awr. Roedd yn rhaid i fi weiddi bryd hynny, ac yn y diwedd, fe sylwodd rhywun. A dwi'n berson reit gryf.

Hyd y gwela i, does dim astudiaethau wedi cael eu cynnal i gyfraddau PTSD ymhlith mamau sy'n geni gartref. Ac oherwydd y byddai genedigaeth gartref sy'n mynd o'i le yn golygu trosglwyddo i'r ysbyty, fe fyddai wedyn yn cyfrif fel genedigaeth ysbyty beth bynnag. Yn sicr, mae'r dystiolaeth anecdotaidd yn awgrymu bod menyw sy'n dechrau esgor gartref ac yna yn cael ei throsglwyddo i'r ysbyty yn wynebu'r un risg o'r ffactorau uchod â menyw sy'n esgor o'r dechrau i'r diwedd mewn ysbyty. Fodd bynnag, mae eiriolwyr geni gartref yn dweud bod menywod sy'n geni gartref yn llawer llai tebygol o brofi PTSD, ac mai'r prif reswm fod menywod yn profi PTSD yw oherwydd y ffactorau risg sy'n rhemp mewn amgylchedd ysbyty. Mae'r rhain yn cynnwys cyfradd uwch o ymyrraeth a'r diffyg 'rheolaeth' a achosir gan geriach meddygol, fel offer monitro curiad y galon sy'n gofyn i fenywod orwedd yn llonydd, epidwral sy'n atal menywod rhag symud o gwmpas ac, wrth gwrs, y gwartholion traddodiadol. Mae'n sicr yn ymddangos yn wir ar sail anecdotaidd bod rhai menywod sydd wedi dioddef PTSD ar ôl geni eu plentyn cyntaf wedi mynd ymlaen i eni'r ail blentyn gartref yn llwyddiannus.

Disgwyliadau

Beth oedd eich disgwyliadau chi o ran yr enedigaeth? Mae'n debygol eu bod nhw'n wahanol iawn i'r hyn ddigwyddodd go iawn. Yn ôl astudiaeth gan Brifysgol Newcastle, roedd yna fwlch sylweddol rhwng disgwyliadau menywod o enedigaeth a'r hyn a ddigwyddodd mewn pedwar maes:

1. y math o boen, a'i natur;
2. y cyffuriau lleddfu poen a oedd ar gael;
3. lefel y cyfranogiad wrth wneud a rheoli penderfyniadau;
4. lefel y rheolaeth wrth esgor.

Roedd rhai menywod wedi meddwl y byddai'r boen yn boen 'cyffredinol'; doedd eraill ddim yn ymwybodol bod poen esgor yn taro mewn 'tonnau'. Doedd rhai ddim yn deall bod rhai dulliau o leddfu poen, fel epidwral, ddim ond ar gael os oedden nhw'n geni mewn ysbyty yn hytrach na'n geni gartref neu mewn uned dan arweiniad bydwraig. Doedd llawer ddim yn sylweddoli na fyddai'r dewisiadau roedden nhw wedi eu gwneud ar gyfer eu cynllun geni o reidrwydd yn ymarferol wrth esgor, ac na fydden nhw o reidrwydd yn gallu gwneud dewisiadau yn ystod yr esgor.

Mae menywod sydd wedi mynegi 'siom' gyda'u profiadau geni wedi sbarduno cryn drafod yn ddiweddar, ac wedi mynegi'r farn bod eu PTSD wedi deillio o fethu cael yr enedigaeth o'u dewis. Mae hynny wedi ennyn ymatebion amrywiol, o'r rhai sy'n teimlo na ddylai 'siom' ynddo'i hun fod yn ddigon i sbarduno PTSD i'r rhai sy'n credu bod y dioddefaint yr un mor real waeth beth sy'n achosi'r PTSD.

Dwi'n perthyn i'r ail garfan. Dydw i ddim yn credu bod menywod sy'n teimlo eu bod nhw wedi 'methu' neu wedi eu siomi gan eu genedigaethau yn perthyn i'r criw ystrydebol haerllug '*too-posh-to-push*' sy'n fêl ar fysedd y cyfryngau. O'm rhan i, dwi wedi sylweddoli bod 'methu' geni yn y ganolfan eni heb gyffuriau yn ffactor pwysig yn fy mhrofiad i o PTSD, ac mae hynny wedi cael ei adleisio gan sawl menyw dwi wedi siarad â hi. Efallai bod gwers yma i'r rhai sy'n rhedeg dosbarthiadau cyn-geni ac sy'n mynnu mai eu dull penodol nhw yw'r 'ffordd orau' i eni.

Mae Joanne Lally, a gynhaliodd yr ymchwil ym Mhrifysgol Newcastle a nodir uchod, yn credu bod ein siom yn deillio o ddwy garfan wrthgyferbyniol – un sy'n dweud nad oes rhaid i ni ddioddef poen mewn cymdeithas fodern ac un sy'n credu, oherwydd bod menywod wedi bod yn geni ers miloedd o flynyddoedd, na ddylen ni o reidrwydd fod angen meddyginiaeth lleddfu poen. Mae hi hefyd yn dweud bod y delweddau poblogaidd o eni mewn pum munud gyda cholur llawn mewn dramâu teledu ac mewn ffilmiau, o'u cymharu â'r straeon arswyd rydyn ni'n eu clywed gan ffrindiau a rhieni, yn cynllwynio i greu dryswch yn ein meddyliau ynglŷn â sut beth yw geni mewn gwirionedd. Os ydych chi'n teimlo fel methiant am na wnaethoch chi esgor yn ôl y disgwyl, dydych chi ddim ar eich pen eich hun a dydych chi ddim yn eithriad.

Nia

Gartre, fe wnes i drio esgus bod popeth yn iawn. Roeddwn i'n teimlo'n ofnadwy o unig ac yn isel fy ysbryd. Doedd gen i ddim perthnasau'n byw yn agos i siarad â nhw. Pryd bynnag y byddwn i mas, yn gwenu ac yn siarad, roeddwn i'n teimlo fel petawn i'n gwisgo mwgwd. Roeddwn i'n flinedig iawn ac yn siomedig gyda natur y geni. Yn teimlo 'mod i'n fethiant, ac nad oeddwn i wedi cael cefnogaeth. Ar ôl chwe mis, doedd fy mhlentyn ddim yn gadael i fi ei fwydo ar y fron mwyach. Roeddwn i wedi methu gwneud hynny hefyd.

Beth yw'r gwahaniaeth rhwng iselder ôl-enedigol a PTSD?

O ystyried bod iselder ôl-enedigol (PND) a PTSD yn feysydd heb waith ymchwil digonol, does fawr o syndod bod yna ddiffyg dealltwriaeth o'r berthynas rhwng y ddau gyflwr. Fodd bynnag, mae'n ymddangos bod consensws gwyddonol bellach eu bod nhw'n ddau anhwylder ar wahân, gyda'r posibilrwydd bod iselder ôl-enedigol yn dilyn yn sgil PTSD neu fod symptomau PTSD yn ffactor risg yn natblygiad iselder ôl-enedigol. Mae symptomau yn cael eu trafod yn fanylach ym Mhennod 2. Fodd bynnag, yn gryno, dyma nhw:

- hwyliau isel am gyfnodau hir o amser (wythnos neu fwy);
- teimlo'n anniddig yn amlach na pheidio;
- teimlo'n ddagreuol;
- pyliau o banig;
- problemau canolbwyntio;
- diffyg cymhelliant;
- diffyg diddordeb y fam ynddi hi ei hun a'i babi newydd;
- teimlo'n unig;
- teimlo'n euog, yn wrthodedig neu'n annigonol;
- teimlo wedi'ch llethu;
- teimlo nad yw'n gallu ymdopi;
- trafferth cysgu;
- arwyddion corfforol o densiwn, megis cur pen, poenau stumog neu olwg aneglur.

Gwella o PTSD

Er mwyn gwella o PTSD, y cam cyntaf yw adnabod yr arwyddion. Mae'n rhyfedd cyn lleied o famau wnes i siarad â nhw oedd yn deall bod ganddyn nhw gyflwr cydnabyddedig. Dydy hyn ddim yn syndod. Mae'r rhan fwyaf o fenywod yn gwybod bod iselder ôl-enedigol yn bosib. Mae'n cael sylw rheolaidd mewn llyfrau beichiogrwydd a dosbarthiadau cyn-geni, felly rydyn ni'n fwy tebygol o'i adnabod pan fydd yn digwydd i ni. Mae'n debygol y bydd eich partner hefyd yn gwybod am iselder ôl-enedigol, ac ar ôl i chi eni, bydd eich ymwelydd iechyd yn debygol o wneud yn siŵr nad ydych chi'n dioddef unrhyw symptomau. Ond anaml y bydd PTSD yn cael ei grybwyll mewn llyfrau beichiogrwydd neu ddosbarthiadau cyn-geni. A dweud y gwir, mae'n annhebygol y dewch chi ar ei draws oni bai eich bod chi'n dechrau amau a chwilio.

Er bod sgrinio ar gyfer iselder ôl-enedigol yn gyffredin, dydy hynny ddim yn wir yn achos PTSD. Fodd bynnag, mae Dr Susan Ayers et al. wedi datblygu adnodd sgrinio ar gyfer PTSD. Holiadur 29 eitem yw'r City Birth Trauma Scale a ddatblygwyd i fesur PTSD ar ôl geni yn ôl meini prawf DSM-5, ac fe fydd, gobeithio, yn arwain at well adnabyddiaeth o'r cyflwr yn y dyfodol.

At bwy galla i droi?

Os ydych chi'n amau eich bod chi'n dioddef o PTSD, dechreuwch siarad. Dewiswch weithiwr meddygol proffesiynol rydych chi'n gyfforddus yn ei gwmni. Eich meddyg, eich ymwelydd iechyd neu fydwraig efallai. Peidiwch â gadael i natur seicolegol PTSD eich atal chi rhag siarad. Fyddwch chi ddim yn cael eich galw'n 'wallgof', a fydd neb yn mynd â'ch babi oddi arnoch chi. Os ydych chi'n poeni am fynd ar eich pen eich hun, gofynnwch i'ch partner neu ffrind neu berthynas dibynadwy fod yn gefn i chi a chadw cwmni i chi. Gwnewch gofnod o'ch symptomau, a pha mor aml maen nhw'n codi, fel eich bod chi'n gwybod yn union beth i'w ddweud. Gall nerfau gael effaith ryfedd ar y cof, ac fe fydd angen i'ch clinigydd ofyn cwestiynau i chi.

Mae yna hefyd sawl grŵp cymorth pwrpasol, fel y British Trauma Association, sy'n gallu cynnig help ac arweiniad i chi. Mae manylion am y grwpiau hyn yn yr adran 'Cysylltiadau defnyddiol' ar ddiwedd y llyfr hwn.

Ar ôl diagnosis o PTSD, mae'n bosib y cewch chi gynnig un neu fwy o'r opsiynau canlynol.

Seicotherapi

Mae seicotherapi yn derm ymbarél ar gyfer yr hyn sy'n cael ei adnabod gan y rhan fwyaf o bobl fel 'cwnsela' neu 'therapïau siarad'. Fe fydd union natur eich seicotherapi yn dibynnu ar y math sy'n cael ei gynnig i chi. Er enghraifft, mae therapi Freud yn ceisio gwneud synnwyr o'ch profiad drwy bwyso ar strwythur eich teulu a phethau a ddigwyddodd yn ystod eich plentyndod. Mae cwnsela safonol yn ymwneud â siarad am eich problemau â chwnselydd, a'r cwnselydd wedyn yn gweithio gyda chi i'ch helpu i ddod o hyd i atebion a deall eich teimladau.

Efallai y byddwch chi hefyd yn cael cynnig atgyfeiriad at therapydd gwybyddol ymddygiadol. Math o seicotherapi yw therapi gwybyddol ymddygiadol (CBT) a gwelwyd ei fod yn helpu rhai dioddefwyr PTSD, er nad oes ymchwil wedi'i chyhoeddi eto i gefnogi ei effeithiolrwydd wrth ei ddefnyddio i ddelio'n benodol â menywod sydd â PTSD ar ôl geni. Mae'n canolbwyntio ar sut i ddelio â phroblemau drwy eu rhannu'n elfennau y gellir ymdopi â nhw'n haws, ac mae'n eich annog i edrych ar y ffordd rydych chi'n meddwl ac yn ymateb i rai digwyddiadau.

Mae sawl astudiaeth wedi dangos budd cwnsela, a'i fod wedi helpu menywod i oresgyn profiadau geni gwael. Canfu un astudiaeth o 348 o fenywod bod hyd yn oed lefel isel o ymyrraeth – cwnsela wyneb yn wyneb o fewn 72 awr i'r geni ac eto dros y ffôn bedair i chwe wythnos ar ôl geni – yn arwain at lai o symptomau trawma, risg is o iselder, risg is o straen a llai o deimladau o hunan-feio.

Pan fyddwch chi'n chwilio am therapydd, gofynnwch a oes ganddyn nhw brofiad o ddelio â PTSD ar ôl geni, a gwnewch yn siŵr fod ganddyn nhw'r cymwysterau priodol.

Ôl-drafod

Mae'n bosib y bydd gennych chi sawl cwestiwn heb ei ateb ôl i chi esgor. Pam ddywedodd y meddyg yr hyn wnaeth e? Pam na ches i gynnig unrhyw gyffuriau lleddfu poen? Pam oedd fy mabi i'n las pan ddaeth allan? Pam na ddywedodd neb nad oedd fy mhlentyn yn anadlu? Pam oedd angen gwneud episiotomi? Gall cael gafael ar rywun i ateb y cwestiynau hyn a siarad drwy beth yn union ddigwyddodd yn ystod yr enedigaeth fod yn rhan o'r broses iacháu, a bydd o fudd i rai wrth iddyn nhw geisio dygymod ag esgor trawmatig.

Yn y Deyrnas Unedig, mae gennych chi hawl i ofyn am eich cofnodion meddygol. Fe allwch chi ddechrau'r broses hon drwy siarad â'ch meddyg teulu neu ymwelydd iechyd. Gallwch hefyd gysylltu â'r Gwasanaeth Cyswllt Cleifion yn yr ysbyty lle ganwyd eich babi, a dylai'r gwasanaeth allu eich rhoi chi mewn cysylltiad â bydwraig neu feddyg sy'n hapus i siarad â chi am yr union beth ddigwyddodd yn ystod yr esgor ac ateb unrhyw gwestiynau sydd gennych chi.

Dylid nodi nad yw'r dull 'ôl-drafod' yn cael ei argymell fel therapi annibynnol yng nghanllawiau'r Sefydliad Cenedlaethol dros Ragoriaeth mewn Iechyd a Gofal (NICE). Dyma mae'r canllawiau yn ei ddweud:

> *Single-session formal debriefing focused on the birth should not be routinely offered to women who have experienced a traumatic birth. However, maternity staff and other healthcare professionals should support women who wish to talk about their experience, encourage them to make use of natural support systems available from family and friends, and take into account the effect of the birth on the partner.*

Felly mae'n ymddangos mai'r neges yw: gwnewch yn siŵr bod gennych chi fathau eraill o gefnogaeth ar waith, a pheidiwch â dibynnu ar un sesiwn ôl-drafod i ddatrys pethau. Cyn dewis ôl-drafod, fe allai fod yn werth chweil i chi siarad am eich pryderon gyda menywod eraill sydd wedi bod drwy'r broses ar grŵp cymorth ar-lein, fel tudalen Facebook y British Trauma Association (BTA). Mae tystiolaeth anecdotaidd yn awgrymu bod ansawdd yr ôl-drafodaeth yn hollbwysig: er bod rhai menywod yn dweud bod staff yn gymwynasgar a chefnogol, nid dyna'r sefyllfa bob tro, gyda rhai menywod yn teimlo ddim gwell ar ôl y profiad – ac mewn rhai achosion, maen nhw wedi teimlo'n waeth.

Gwrthiselyddion

Mae'n bosib y cewch chi gynnig wrthiselyddion i'ch helpu i ymdopi â'r teimladau negyddol sy'n symptom o PTSD. Chi, a neb arall, piau'r dewis a ydych am eu cymryd nhw ai peidio. Er y gallan nhw guddio'r symptomau, mae'n werth cofio na fyddan nhw'n 'gwella' eich PTSD.

Gall meddwl am gymryd gwrthiselyddion deimlo'n frawychus ac ysgogi stigma, er gwaetha'r ymwybyddiaeth well o broblemau iechyd meddwl yn ystod y blynyddoedd diwethaf. Fodd bynnag, mae gwrthiselyddion modern wedi helpu miloedd lawer o bobl. Peidiwch â'u hwfftio nhw oherwydd eu bod nhw'n 'gyffuriau'. Os ydych chi'n pryderu am wrthiselyddion, mynnwch air â'ch meddyg teulu neu ymwelydd iechyd

Rydych chi'n debygol o gael cynnig cyffur sy'n perthyn i ddosbarth atalyddion ailddderbyn serotonin dethol (cyffuriau SSRI). Fel pob cyffur, mae rhai sgileffeithiau yn bosib. Fe fydd eich meddyg yn gallu rhoi cyngor am ddiogelwch cymryd y cyffur wrth fwydo ar y fron. Mae yna ragor o wybodaeth am wrthiselyddion ym Mhennod 2.

Dadsensiteiddio ac Ailbrosesu drwy Symudiadau Llygaid (EMDR)

Fe allai'r driniaeth gymharol newydd hon swnio'n od, ond mae wedi cael ei chydnabod gan Sefydliad Iechyd y Byd fel triniaeth ar gyfer PTSD.

Mae'n gweithio drwy eich helpu i 'brosesu' y profiad trawmatig. Mae hynny'n cael ei gyflawni mewn triniaeth wyth cam, gan gynnwys y cyfnod Symudiad Llygaid Cyflym, lle gofynnir i chi symud eich llygaid o un ochr i'r llall wrth gofio'r digwyddiad trawmatig.

Dydy hi ddim yn glir pam yn union mae EMDR yn gweithio, ond yn ôl un theori, mae'r symudiadau llygaid bach – 'symbyliadau dwyochrog gweledol' – yn helpu'ch ymennydd i symud ymlaen o'r digwyddiad trawmatig sydd wedi mynd yn 'sownd' yn eich ymennydd.

Does fawr o dystiolaeth am ddefnyddio EMDR yn benodol ar gyfer PTSD ar ôl geni, ac mae angen gwneud mwy o ymchwil ar ei effeithiolrwydd. Fodd bynnag, mae tystiolaeth anecdotaidd ei fod wedi helpu rhai menywod.

I gloi

O'm profiad i – a hynny unwaith eto yn cael ei ategu gan yn y menywod i fi eu cyfweld ar gyfer y bennod hon – fe wnes i sylwi bod ffrindiau, perthnasau a gweithwyr proffesiynol meddygol, er yn llawn bwriadau da, yn pwyso ar un o dair hen ystrydeb pan oeddwn i'n ceisio sôn am fy nhrawma geni:

- 'Fe wnei di anghofio'r boen.'
- 'Mae gen ti fabi iach – pam wyt ti'n poeni?'
- 'Fe ddylet ti fod wedi geni gartref' / 'Fe ddylet ti fod wedi mynd i ganolfan eni' / 'Fe ddylet ti fod wedi dewis/ gwrthod epidwral.'

'Fe wnei di anghofio'r boen.'
Mae'n bosib bod hyn yn wir yn achos y mwyafrif helaeth o fenywod – wedi'r cyfan, pam arall fydden ni'n cael mwy o blant? Ac os ydych chi erioed wedi profi anaf difrifol, efallai y byddwch chi'n edrych yn ôl ac yn sylwi na allwch chi gofio'n union sut roeddech chi'n teimlo pan dorroch chi'ch coes. Yn anffodus, ac mae gwaith ymchwil yn ategu hynny, dydy menywod sydd â PTSD ddim yn anghofio'r boen. Maen nhw'n ei ailchwarae'n ddiddiwedd, yn breuddwydio amdano ac mae'n deimlad mor llethol i rai nes eu bod nhw'n gwrthod cael mwy o blant.

Prin iawn yw'r bobl fyddai'n awgrymu wrth rywun sydd wedi dioddef digwyddiad trawmatig fel damwain car y byddan nhw'n 'anghofio'r boen'. Dwi'n awgrymu estyn yr un cwrteisi tuag at fenywod sy'n dioddef o PTSD ar ôl geni. Mae'n bwysig sylweddoli nad oes unrhyw beth yn bod arnoch chi os nad ydych chi'n cydymffurfio â'r drefn arferol. Iawn, fe gafodd eich mam-yng-nghyfraith chwech o blant, mewn artaith wrth esgor pob un ohonyn nhw ond fe anghofiodd hi bopeth am y boen. Mae hynny'n newyddion gwych iddi hi, ond does dim math o gysylltiad rhwng hynny â'ch profiad chi.

'Mae gen ti fabi iach – pam wyt ti'n poeni?'
Roeddwn i'n lwcus. Fe ges i fabi iach. Ond doedd rhai o'r menywod i fi eu cyfweld ddim mor lwcus, ac rydyn ni eisoes wedi gweld bod marw-enedigaeth neu fabi â phwysau geni isel yn ffactorau risg ar gyfer PTSD. Ond mae ymchwil yn awgrymu bod ffactorau risg eraill fel lefelau cefnogaeth a'r amgylchedd geni yn llawn mor bwysig. Dydy'r ffaith fod eich babi'n iach ddim yn golygu na allwch chi fod yn dioddef o PTSD. Rhywbeth rydych chi'n ei ddioddef yw PTSD, nid eich babi. Mae'n werth dyfynnu Cheryl Beck unwaith eto: 'Birth trauma is in the eye of the beholder.'

'Fe ddylet ti fod wedi geni gartref' / 'Fe ddylet ti fod wedi mynd i ganolfan eni' / 'Fe ddylet ti fod wedi dewis/ gwrthod epidwral.'
Mae hel meddyliau am beth dylech chi neu na ddylech chi fod wedi'i wneud yn annhebygol o wneud i chi deimlo'n well. Mae llawer o fenywod â PTSD yn nodi diffyg rheolaeth a diffyg dewis fel rhan o'u profiadau geni. Mae'n anodd, er enghraifft, 'dewis' epidwral pan fyddwch chi'n profi poen gwaeth nag unrhyw boen i chi ei deimlo erioed o'r blaen. Mae'n anodd 'dewis' genedigaeth gartref neu mewn canolfan eni os gwnaethoch chi, fel fi, ddechrau esgor yn gynnar neu os yw eich babi yn debygol o gyflwyno'n ffolennol (*brcccch*). Weithiau, mae amgylchiadau'n ei gwneud hi'n amhosib i chi ddewis sut i eni. Mae derbyn hynny a symud ymlaen yn rhan o'r broses adfer. Dydych chi ddim yn debygol o gael eich helpu gan bobl sydd eisiau hawlio eich PTSD chi fel prawf o blaid neu yn erbyn eu credoau nhw am eni plant.

Y peth pwysig i'w gofio yw nad eich bai chi yw PTSD. Mae'n ymateb naturiol i ddigwyddiad trawmatig. Nid rhywbeth i'w ddiystyru dim ond am eich bod chi'n digwydd bod yn lwcus mewn agwedd arall. Does dim byd yn bod ar gyfri'ch bendithion, ac mae'n bosib y gwnewch chi deimlo'n well wrth gymharu eich hun â menywod eraill sydd ddim yn ddigon ffodus i gael babanod iach. Fodd bynnag, mae hynny'n fwy tebygol o wneud i chi hel meddyliau am eich annigonolrwydd tybiedig eich hun. ('Fe gafodd hi amser llawer gwaeth na fi, ac mae gan ei babi hi broblemau ar y galon, ond mae hi'n ymdopi'n iawn ... mae'n rhaid fy mod i'n wan – neu'n llwfr neu'n anniolchgar – os ydw i'n teimlo fel hyn.')

Dydych chi ddim yn wan, yn llwfr nac yn anniolchgar. Rydych chi'n berson cyffredin sy'n profi ymateb dealladwy i ddigwyddiad trawmatig sy'n ymwneud â chi a'ch babi. Mae llawer o fenywod wedi geni plentyn arall a chael profiadau gwell. Dydych chi ddim ar eich pen eich hun, ac fe allwch chi wella.

Elen

Siaradwch gyda rhywun, unrhyw un, cyn iddo gnoi eich tu mewn chi a difetha beth ddylai fod yn amser hapus iawn, neu cyn iddo godi ei ben eto pan fyddwch chi'n hŷn.

2

Iselder ôl-enedigol a seicosis ôl-esgor

Yn ystod fy meichiogrwydd, dwi'n cofio dweud yn ddigon ysgafn wrth fy ngŵr, 'O ie, a symptomau iselder ôl-enedigol yw hyn a hyn a hyn, ond paid â phoeni, dydw i wir ddim y math o berson i gael iselder ôl-enedigol.' I fi, rhywbeth a oedd yn digwydd i fenywod eraill oedd iselder ôl-enedigol – menywod â phartneriaid a oedd yn eu cam-drin, efallai. Neu famau sengl a oedd yn gorfod ymdopi ar eu pennau eu hunain. Neu fenywod heb deuluoedd cefnogol. Neu fenywod a oedd wedi beichiogi yn anfwriadol. Yn sicr, doeddwn i ddim yn meddwl y gallai PND daro rhywun fel fi.

Roeddwn i, wrth gwrs, yn anhygoel o anghywir (am hynny, ac am gant a mil o bethau eraill hefyd). Y gwir yw, wrth gwrs, y gall iselder ôl-enedigol ddigwydd i unrhyw un. Gall ddigwydd i'r fenyw drws nesaf, gall ddigwydd i Brooke Shields. Gall ddigwydd i fam sengl ddi-waith sy'n byw mewn fflat cyngor ac i filiwnyddes gyda swydd yn y Ddinas a thŷ wyth llofft yn Hampstead. Salwch yw iselder ôl-enedigol, ac, fel unrhyw salwch arall, dydy e ddim yn gwahaniaethu.

Dywedodd ffrind i fi a oedd wedi dioddef iselder difrifol yn gysyllteidig ag enseffalopathi myalgig (ME) wrtha i unwaith mai'r peth doniol am bydew iselder yw bod popeth yn gwneud synnwyr perffaith pan fyddwch chi ynddo fe. Roedd hi'n iawn. I fi, roedd yn gwneud synnwyr perffaith nad oedd fy ffrindiau yn fy hoffi i bellach, fy mod i'n fam wael ac yn berson ofnadwy, y byddai pawb yn llawer gwell eu byd hebdda i o gwmpas. Doedd dim persbectif yn fy mhydew, a dyna pam ei bod hi mor anodd cael help. Pam oedd angen help arna i? Roeddwn i'n amlwg yn dioddef oherwydd fy mod i'n berson ofnadwy, a doedd yna'r un meddyg yn mynd i allu helpu gyda hynny, nag oedd?

Ar ôl chwe mis o hyn, mynnodd fy ngŵr fy mod i'n gweld fy meddyg teulu; fe ges i ddiagnosis o iselder ôl-enedigol a chael cynnig gwrthiselyddion. Fe wnes i wrthod, ar sail ofn yn hytrach nag unrhyw reswm arall, a phen draw pethau oedd mynychu therapi grŵp ar sail dysgeidiaeth Freud. Roedden ni i gyd yn eistedd o gwmpas yn trafod ein plentyndod a'n rhieni a'n bywydau, wrth i'n babanod chwarae'n hapus yng nghanol ein cylch. Dwi dal ddim yn hollol siŵr a lwyddodd i wella fy iselder ôl-enedigol ai peidio. Ond roedd yn braf gwybod nad oeddwn i ar fy mhen fy hun.

Does fawr o syndod ein bod ni'n ofni cyfaddef ein bod ni'n dioddef o iselder ôl-enedigol. Roedd stori ar *Coronation Street*, un o operâu sebon mwyaf poblogaidd Prydain, yn ymwneud â menyw a oedd yn dioddef iselder ôl-enedigol yn dychwelyd ei babi i'r ysbyty lle cafodd ei eni gan honni ei bod yn amhosib mai ei phlentyn hi oedd e. Yna gwthiodd bram ei babi i lwybr car a chafodd ei hanfon i uned ddiogel o dan y Ddeddf Iechyd Meddwl.

Mae'n deg dweud nad yw hyn yn adlewyrchu profiad menyw gyffredin o iselder ôl-enedigol, a dydy hi ddim yn ormod i dybio bod portreadau o'r fath i raddau helaeth yn gyfrifol am swildod menywod i sôn eu bod nhw'n dioddef iselder ôl-enedigol. Yn wir, mae llawer o ddioddefwyr yn gwneud penderfyniad ymwybodol i guddio'r ffaith, yn benderfynol o fod yn ddewr, yn benderfynol o ddangos mor wych rydyn ni'n ymdopi.

Roedd gen i fymryn o amser sbâr yn ddiweddar, felly dyma benderfynu chwynnu negeseuon o flwch 'anfonwyd' fy e-bost. Doeddwn i ddim wedi taro llygad arno ers cyn geni fy mab. Wnes i ddim mynd yn bell iawn: wedi fy nghyfareddu, dyma fi'n ailddarllen y negeseuon roeddwn i wedi eu hanfon ar yr adegau tywyll hynny pan oeddwn i wedi bod yn ystyried lladd fy hun o ddifri. Fyddech chi byth wedi gwybod. Maen nhw'n llawn ymadroddion ysgafn – 'Dechrau arfer gyda nosweithiau di-gwsg!! O wel!' a chyfeiriadau diddiwedd at ba mor dlws a hyfryd a chlyfar yw'r babi.

Wrth ddarllen yr e-byst hyn, roeddwn i'n meddwl pam ar wyneb daear 'mod i wedi mynd i'r fath ymdrech i guddio'r hyn roeddwn i'n ei deimlo. Fel y rhan fwyaf o bobl, cywilydd o'r iselder ôl-enedigol oedd wrth wraidd hynny. Ac roeddwn i'n teimlo dyletswydd i wella ar fy mhen fy hun, y dylwn i allu 'ymdopi' – beth bynnag yw ystyr hynny. Os mai ystyr 'ymdopi' yw llwyddo i beidio â lladd fy hun, wel, do, fe wnes i 'ymdopi'. Ond dwi'n difaru na wnes i chwilio am help yn gynt. Nod y bennod hon yw eich helpu i ddeall beth yn union yw iselder ôl-enedigol, sut y gellir ei drin, a sut gallwch chi gael help.

Arwen

Doeddwn i ddim wir wedi deall bod gen i iselder ôl-enedigol tan yn ddiweddar, ar ôl siarad efo ffrindiau a chael amser i feddwl am y cyfnod dros y blynyddoedd diwethaf. Ar ôl cael fy merch, mi wnes i gwblhau holiadur Graddfa Iselder Ôl-enedigol Caeredin, sy'n cael ei ddefnyddio i wneud diagnosis o iselder ôl-enedigol, fel rhan o waith ymchwil gan y ganolfan feddygol yr oeddwn i'n ei mynychu. Mi oedd yn dangos arwyddion o iselder ôl-enedigol, ac mi ofynnwyd i fi a oeddwn i eisiau siarad efo rhywun. Ar y pryd, mi oeddwn i'n beio'r dagrau dyddiol ar flinder a dau o blant eithaf agos at ei gilydd, felly mi wnes i ddweud 'mod i'n iawn.

Yn ogystal â chrio o leiaf unwaith neu ddwywaith y dydd, mi oeddwn i'n teimlo 'mod i'n siomi fy mhlentyn hŷn os na fyddwn i'n mynd allan i fynychu grwpiau neu gyfarfod pobl, ond mi oedd y drafferth o gael y ddau fach allan yn fy ngyrru i ddagrau hefyd. Mi oeddwn i'n teimlo'n ddig tuag at fy merch am amharu ar yr amser 'perffaith' oedd gen i efo'i brawd cyn iddi hi gael ei geni, a'r teimladau chwerw hynny wedyn yn esgor ar euogrwydd. Doedd y ffaith ei bod hi'n deffro bedair neu bum gwaith bob nos nes ei bod hi'n ddwy oed ddim yn helpu pethau, a doedd fy ngŵr ddim yn gallu cynnig unrhyw help ymarferol yn ystod yr wythnos oherwydd ei swydd. Mi fyddai penwythnosau'n diflannu gydag un ohonon ni'n dal i fyny ar gwsg tra bod y llall yn cadw llygad ar y plant, felly wnes i erioed drafod y peth efo fo.

Pan oedd hi'n ddwy oed, mi ddechreuodd fy merch gysgu drwy'r nos. Ar ôl rhyw ddeufis, mi wnes i ddechrau sylwi cymaint yn haws oedd pethau. Mi wnes i roi'r gorau i grio pan fyddai'r peth lleia'n fy ypsetio i neu'n fy ngwneud i'n rhwystredig, ac mi wnes i ddechrau gweld fy merch fel hogan fach annwyl yn hytrach na melltith. Dwi newydd roi'r gorau i swydd ran-amser er mwyn gofalu amdani amser llawn achos dwi'n teimlo 'mod i wedi colli allan ar ddwy flynedd gyntaf ei bywyd. Mae gen i gymaint o atgofion am fy mab ar wahanol gyfnodau, be' oedd o'n ei wisgo neu'n ei wneud neu'n ei ddweud; does gen i ddim byd tebyg efo fy merch.

Dwi'n difaru na wnes i dderbyn y cynnig o gymorth ar y pryd, yn lle meddwl mai rhywbeth i ferched oedd yn methu ymdopi efo bod yn fam oedd iselder ôl-enedigol. Mi oeddwn i eisiau bod yn un o'r mamau anhygoel 'na, yn gallu delio efo plant a swydd a bywyd yn fêl i gyd!

Beth yw iselder ôl-enedigol?

Yn gyffredinol, mae iselder ôl-enedigol yn cael ei ddiffinio fel iselder anseicotig sy'n digwydd yn ystod cyfnod penodol ar ôl i fabi gael ei eni. Er bod y diffiniad o'r cyfnod amser 'swyddogol' lle mae modd dweud bod iselder yn 'ôl-enedigol' yn amrywio, cydnabyddir yn fras y gall iselder ôl-enedigol ddod i'r amlwg hyd at dri mis ar ôl geni. Ond mae rhai astudiaethau wedi canfod ei fod yn digwydd fwy na chwe mis ar ôl geni, er mai chwe wythnos yw cyfnod Sefydliad

Iechyd y Byd. Mae angen i weithwyr iechyd proffesiynol ystyried y gwahanol gyfnodau wrth wneud diagnosis. Fel y mae NICE yn nodi yn ei ganllawiau ar gyfer gweithwyr proffesiynol, mae'n bosib labelu unrhyw salwch meddwl sy'n digwydd ar ôl geni fel iselder ôl-enedigol, ac fe allai rhuthro i ddiagnosis o'r fath olygu bod cyflyrau difrifol eraill yn llithro drwy'r rhwyd.

Amcangyfrifir bod 10-15% o famau newydd yn dioddef iselder o ryw fath. Fodd bynnag, fel gyda phob salwch meddwl, fe allai gwir nifer yr achosion fod yn llawer uwch. Fe wnaeth arolwg o 2,318 o famau gan yr elusen 4Children yn 2011 amcangyfrif y gallai tua thair o bob deg mam newydd brofi iselder ôl-enedigol. Canfu hefyd fod tua 25% o famau yn dal i ddioddef o iselder ôl-enedigol hyd at flwyddyn ar ôl i'w plentyn gael ei eni – ac nad oedd mwy na hanner (58%) wedi chwilio am help.

Beth yw'r symptomau?

Un cwestiwn sy'n codi'n aml, gan famau sydd heb ddioddef iselder ôl-enedigol, yw sut ar y ddaear mae dweud y gwahaniaeth rhwng iselder ôl-enedigol a'r teimladau a'r heriau 'normal' sy'n wynebu mamau newydd. Wedi'r cyfan, os oes yna fabi mis oed yn y tŷ, pwy sydd ddim yn flinedig, yn isel ei hwyliau ac yn ei chael hi'n anodd canolbwyntio? Does dim ateb hawdd: yn union fel iselder heb gysylltiad â genedigaeth, mae'r symptomau'n amrywio'n fawr, ac mae pob menyw yn wahanol. Fodd bynnag, mae iselder ôl-enedigol yn wahanol i'r hyn sy'n cael ei gyfeirio ato fel 'y felan' – teimlo'n isel, yn ddagreuol ac yn flinedig yn ystod yr wythnos gyntaf ar ôl geni – sy'n cael ei brofi gan tua 80% o famau. Fel canllaw sylfaenol, mae symptomau safonol iselder yn cynnwys:

- hwyliau isel am gyfnodau hir o amser (wythnos neu fwy);
- teimlo'n anniddig yn amlach na pheidio;
- teimlo'n ddagreuol;
- pyliau o banig neu deimlo'n bryderus, yn flin neu'n gynhyrfus heb reswm penodol;
- problemau canolbwyntio;
- diffyg cymhelliant – colli diddordeb yn nhrefn arferol bywyd bob dydd a phethau roeddech chi'n arfer eu mwynhau;

- teimlo'n unig;
- teimlo'n euog, wedi'ch gwrthod neu'n annigonol;
- teimlo wedi'ch llethu ac yn cael trafferth gwneud penderfyniadau, hyd yn oed y rhai a oedd yn arfer ymddangos yn syml iawn;
- colli'ch archwaeth;
- trafferth canolbwyntio;
- teimlo eich bod yn methu ymdopi;
- trafferth cysgu, hyd yn oed pan fyddwch chi'n flinedig;
- arwyddion corfforol o densiwn, megis cur pen, poenau stumog neu olwg aneglur.
- meddyliau am hunanladdiad neu farwolaeth.

Mae symptomau sy'n benodol i iselder ôl-enedigol fel arfer yn ymwneud â'ch babi mewn rhyw ffordd. Er enghraifft, teimlo na allwch chi ofalu am eich babi yn iawn. Neu feddwl am niweidio eich hun neu'r babi. Mae rhai mamau'n ddig gyda nhw eu hunain am deimlo fel hyn neu'n argyhoeddi eu hunain mai camsyniad enfawr oedd cael babi. Mae llawer o famau wedi cyfeirio at deimlad o fod allan o reolaeth neu fod wedi eu dal mewn magl. Mae rhai'n profi meddyliau obsesiynol neu ymddygiad gorfodaethol fel golchi eu dwylo drosodd a throsodd. Fe fydd rhai mamau'n dioddef o orbryder eithafol, yn argyhoeddedig bod eu babi yn mynd i farw neu fynd yn sâl. Neu fe allai'r babi wneud i'r fam deimlo'n orbryderus, i'r graddau nad yw hi'n gallu dioddef bod yn yr un ystafell â'i phlentyn. Fe allech chi brofi ymdeimlad ofnadwy o golled, eich bod chi wedi colli allan ar yr hyn y mae pawb yn ei alw'n amser gwych gyda'ch babi. Neu fe allech chi deimlo eich bod wedi colli eich 'hun', eich personoliaeth a'ch hen fywyd.

Agwedd ddiddorol ar iselder ôl-enedigol a godwyd gan y menywod i fi eu cyfweld, ac agwedd sydd heb gael sylw digonol hyd yma efallai, yw eu bod nhw'n teimlo y tu hwnt o warchodol o'u babanod, i'r graddau eu bod nhw'n rhy ofnus i adael i unrhyw un arall afael ynddyn nhw, neu hyd yn oed eu cyffwrdd. Soniodd un fenyw fod y teimlad hwn wedi ei hargyhoeddi nad oedd hi'n dioddef o iselder ôl-enedigol, gan gredu mai dim ond mamau oedd ddim eisiau bod gyda'u babanod fyddai'n cael eu taro gan y cyflwr.

Symptom cyffredin arall yw teimlo'n unig iawn. Mae'n bosib eich bod chi'n meddwl mai chi yw'r unig fenyw i gael y cyflwr hwn. Efallai y byddwch chi'n poeni am gael eich labelu fel menyw 'wallgof' ac yn ofni y bydd eich plant yn cael eu cymryd oddi arnoch chi – yn wir, dwi wedi gweld sawl menyw yn dyfynnu'r union fyth hwn ar wefannau magu plant. Os ydych chi'n teimlo fel hyn, cofiwch nad ydych chi ar eich pen eich hun. Mae yna filoedd o fenywod fel chi, a does neb yn mynd i fynd â'ch babi oddi arnoch chi am fod gennych chi iselder ôl-enedigol. Mae'n wir bod rhai menywod yn gorfod treulio amser yn yr ysbyty oherwydd eu hiselder ôl-enedigol, ond eithriadau prin iawn yw'r achosion hyn.

Anni

Fe wnaeth fy iselder ôl-enedigol amlygu'i hun gyntaf pan oedd fy merch yn bedwar mis oed dwi'n meddwl. Roedd hi'n arfer cysgu yn fy ngwely i, ac fe fyddwn i'n troi ac yn edrych arni a gofyn iddi a fydden i'n cael ei chadw hi. Wnes i wir ddim meddwl ar y pryd bod iselder ôl-enedigol yn bosib, oherwydd 'mod i mor warchodol ohoni hi. Doeddwn i ddim yn gadael i unrhyw un arall ofalu amdani ac roeddwn i'n ofalus iawn ynglŷn â phwy oedd yn cael dod i'r tŷ. Fe fyddwn i'n mynd yn ddagreuol ac yn dechrau cynhyrfu ac yn meddwl bod rhywun am fynd â hi oddi arna i. Wnes i ddim siarad â neb am sut roeddwn i'n teimlo, gan feddwl ei fod yn normal ac y byddai'n diflannu gydag amser – y cyfan oedd angen oedd 'mod i'n fy argyhoeddi fy hun nad oedd am fynd â hi. Roeddwn i'n poeni mwy bod fy rhieni yn meddwl bod gen i broblem. Doeddwn i ddim yn gweld y broblem fy hun.

Mari

Mi oedd y felan arna i, a doedd o ddim yn cilio. Mi oeddwn i'n anghofus ofnadwy, a hyd yn oed yn anghofio'r dyddiad a'r amser y cafodd fy merch ei geni. Mi oeddwn i'n crio bob dwy funud. Allwn i ddim paratoi poteli fy merch – mi oeddwn i'n meddwl y byddwn i'n ei heintio hi, a doeddwn i byth yn cofio sawl llwyaid i roi yn y poteli ac felly'n gorfod ailddechrau byth a hefyd. Doeddwn i ddim eisiau mynd allan i nunlla oni bai bod Mam efo fi. Mi oeddwn i'n cael pyliau o banig neu'n cael hunllefau, bod rhywun yn mynd i ddwyn y babi neu 'mod i'n mynd i'w gwenwyno hi neu ei gollwng hi ar ddamwain. Mi oeddwn i eisiau rhedeg i ffwrdd neu neidio allan o'r ffenest, ac wedi penderfynu y byddai'n dod efo fi lle bynnag byddwn i'n mynd. Fi a hi efo'n gilydd. Mi oeddwn i'n warchodol iawn ohoni.

Er 'mod i'n briod ar y pryd, doeddwn i ddim yn teimlo bod fy ngŵr yn gefn i fi. Mi wnes i siarad efo Mam. Mi oeddwn i'n byw efo hi, fwy neu lai, achos doeddwn i ddim eisiau bod ar fy mhen fy hun. Mi oedd hi'n dod i fy nôl i bron bob dydd. Mi ddywedodd fy mam-yng-nghyfraith mai peth dros dro oedd o, a doedd hi ddim yn deall be' oeddwn i'n mynd drwyddo fo. Mi wnaeth 'na ffrind i fi ddweud wrtha i am gallio. Ar ôl cael babi ei hun, mae hi'n deall yn well. Mi oeddwn i'n teimlo mai dim ond Mam a fy chwaer oedd gen i ar y pryd. Ar ôl ychydig fisoedd, mi wnes i ddod i 'nabod cymydog oedd newydd gael babi, ac mi oedd ganddi hi iselder ôl-enedigol hefyd, felly mi oedden ni'n arfer dod at ein gilydd a rhannu ein problemau. Mi oedd hynny'n wych, yr union gefnogaeth oedd ei angen arna i. Ond yn anffodus, mi symudodd hi i ffwrdd i fyw.

Sut mae diagnosis o iselder ôl-enedigol yn digwydd?

Dylai eich ymwelydd iechyd, meddyg teulu neu fydwraig fod yn cadw llygad am symptomau iselder ôl-enedigol posib o'r eiliad y byddwch chi'n geni. Fodd bynnag, fel gydag unrhyw agwedd arall ar ofal iechyd, dydy pob ymarferydd ddim yn disgwyl gorfod adnabod symptomau iselder ôl-enedigol, er bod gweithwyr iechyd proffesiynol yn llawer mwy ymwybodol a chydymdeimladol nag oedden nhw ar un adeg. Yn anffodus, mae niferoedd yr ymwelwyr iechyd – y proffesiwn sydd orau am nodi iselder ôl-enedigol – yn gostwng. Yn ôl tystiolaeth a gyflwynwyd i ymchwiliad seneddol ym mis Hydref 2018 gan yr Institute of Health Visiting (IHV), mae'r niferoedd wedi gostwng 20% rhwng Hydref 2015 ac Ebrill 2018. Os ydych chi'n amau bod gennych chi iselder ôl-enedigol, mae angen i chi weld gweithiwr iechyd proffesiynol cyn gynted â phosib. Gall iselder ôl-enedigol gilio ar ei ben ei hun, ond mae hefyd yn bosib ei wella, a does dim angen i unrhyw un ddioddef yn dawel.

Mae gwahaniaeth sylweddol rhwng iselder ôl-enedigol a'r hyn sy'n cael ei adnabod (yn sentimental braidd, yn fy marn i) fel 'y felan' neu'r '*baby blues*'. (Dydy'r enw yma, yn fy mhrofiad i, ddim yn dod yn agos at ddisgrifio'r hwyliau oriog sy'n codi eu pen ar ôl geni.) Yn gyffredinol, fe fydd 'y felan' – teimlo'n ddagreuol, yn anesmwyth, yn isel ac yn ddigalon ar ôl i'r babi gael ei eni – yn diflannu ar ôl rhyw bythefnos. Ond dydy iselder ôl-enedigol ddim. Yn ôl canllawiau NICE, fe ddylech chi gael eich asesu ar gyfer iselder ôl-enedigol os nad yw symptomau'r 'felan' wedi gwella ar ôl deg i 14 diwrnod.

Mae NICE yn dweud bod angen i rywun holi'r cwestiynau canlynol pan fyddwch chi'n gweld rhywun ynglŷn â'ch beichiogrwydd am y tro cyntaf, pan fyddwch chi'n gweld bydwraig am y tro cyntaf, ac eto rhwng pedair a chwe wythnos a thri i bedwar mis ar ôl geni. Fe fydd y cwestiynau hyn yn helpu i nodi arwyddion o iselder.

- Yn ystod y mis diwethaf, ydych chi'n aml wedi teimlo'n ddigalon, yn isel neu'n anobeithiol?
- Yn ystod y mis diwethaf, ydych chi'n aml wedi cael eich poeni gan ddiffyg diddordeb neu fwynhad wrth wneud pethau?

Yn dibynnu ar eich atebion, fe allech chi ddod ar draws cwestiwn arall hefyd:

- Ydych chi'n teimlo awydd neu angen am help gyda hyn?

Os yw eich atebion yn awgrymu iselder, mae'n bosib y cewch chi gais i gwblhau holiadur. Graddfa Iselder Ôl-enedigol Caeredin fydd hwn fel arfer, sy'n helpu i wneud diagnosis o iselder ôl-enedigol. Rydych chi'n cwblhau'r holiadur tua chwech i wyth wythnos ar ôl geni, ac mae wedi'i gynllunio i nodi symptomau iselder ôl-enedigol. Rydych chi'n ei gwblhau ar sail sut rydych chi wedi teimlo dros y saith diwrnod blaenorol. Bydd eich 'sgôr' yn dangos a ydych chi'n dangos symptomau o iselder ôl-enedigol ai peidio.

Beth sy'n achosi iselder ôl-enedigol?

Does neb yn gwybod beth sy'n achosi iselder ôl-enedigol, ond mae'n gyflwr sydd i'w weld ledled y byd. Yn ôl adolygiad diweddar o'r llenyddiaeth sydd ar gael, mae iselder ôl-enedigol yn gyffredin mewn mwy na 40 o wledydd, o Daiwan i Frasil. Mewn rhai gwledydd, fel Awstria, roedd nifer yr achosion yn isel iawn. Mewn gwledydd eraill, fel Chile a De Affrica, roedd nifer yr achosion yn llawer uwch.

Mae nifer o ffactorau sy'n ei gwneud hi'n fwy tebygol y cewch chi iselder ôl-enedigol. Maen nhw'n cynnwys:

- wedi cael iselder ôl-enedigol o'r blaen – mae un astudiaeth yn nodi canran risg y bydd yn digwydd eto ar 25%;
- diffyg cefnogaeth gymdeithasol – er enghraifft, bod yn fam sengl, partner sy'n eich cam-drin neu sydd ddim yn gefnogol, neu heb deulu neu ffrindiau yn byw'n lleol;
- geni babi yn gynnar neu fabi sy'n sâl mewn rhyw ffordd;
- eich mam wedi marw pan oeddech chi'n blentyn;
- digwyddiadau eraill diweddar sydd wedi peri straen, fel profedigaeth, symud tŷ neu golli swydd;
- wedi dioddef salwch iselder arall yn y gorffennol neu wedi dioddef iselder yn ystod eich beichiogrwydd.

A fydd fy iselder ôl-enedigol yn effeithio ar fy mhlentyn pan fydd yn hŷn?

Yr ateb gonest i'r cwestiwn hwn yw: unwaith eto, dydyn ni ddim yn gwybod. Mae sawl astudiaeth fel pe baen nhw'n awgrymu bod iselder ôl-enedigol yn gallu cael effaith anffafriol ar hwyliau plant, er bod ymchwilwyr yn prysuro i dynnu sylw at ddiffygion y gweithiau ymchwil hyn: sef ei bod hi'n anodd iawn 'mesur' hwyliau oedolion a phlant yn gywir. Yn ôl astudiaeth fechan o 149 o fenywod, roedd gan blant menywod ag iselder dri mis ar ôl geni IQ a oedd yn is. Gwelwyd hefyd fod plant gwrywaidd un o bob 40 menyw ag iselder a phob 48 menyw heb iselder yn fwy tebygol o gael eu heffeithio'n wael gan hwyliau eu mamau. Ond roedd astudiaeth yn yr Almaen, o 1,329 o fenywod ag iselder a'u plant, yn nodi effeithiau 'dibwys' iselder ar ddatblygiad gwybyddol y plant.

Detholiad bach yn unig yw hwn o'r astudiaethau sydd wedi ceisio ateb y cwestiwn hwn. Mae grym mewn gwybodaeth ond yn yr achos hwn, hyd nes y gall gwyddoniaeth feddygol gynnig ateb pendant – a waeth i ni wynebu hynny, fe allai hynny gymryd rhywle rhwng sbel go hir a byth – mae'n well ceisio peidio â phoeni am effaith bosib iselder ôl-enedigol ar eich plentyn. Fel gyda chymaint o agweddau ar anhwylderau iselder, prin yw'r dystiolaeth bendant y naill ffordd neu'r llall, ac mae cymaint yn dibynnu ar amgylchiadau unigol a phersonoliaeth y fam a'r plentyn. Y peth gorau y gallwch chi ei wneud, er eich lles chi a lles eich plentyn, yw chwilio am help cyn gynted â phosib.

Triniaethau ar gyfer iselder ôl-enedigol

Mewn byd delfrydol, fe fyddai pob menyw sy'n profi iselder ôl-enedigol yn cael cynnig dewis o driniaethau, gan gynnwys cwnsela a thriniaeth cyffuriau pe bai angen. Fodd bynnag, rydyn ni'n gwybod nad yw menywod ag iselder ôl-enedigol bob amser yn cael y driniaeth sydd ei hangen arnyn nhw.

Mae'n bosib bod perthnasau a ffrindiau, yn llawn bwriadau da, yn meddwl eu bod nhw'n helpu drwy ddweud wrthych chi am ddod at eich coed neu fod iselder ôl-enedigol yn 'normal' ac y bydd yn cilio gydag amser. Wrth gwrs, dydy pobl sydd ag unrhyw fath o iselder ddim yn gallu dewis teimlo'n well yn sydyn. Salwch yw iselder, ac fel unrhyw salwch arall, mae angen triniaeth ar ei gyfer.

Mae yna ddau brif fath o driniaeth ar gyfer iselder ôl-enedigol: cwnsela a therapi cyffuriau. Mae pob menyw yn wahanol, ac efallai na fydd yr hyn sy'n gweithio i rai yn gweithio i eraill. Pa driniaeth bynnag rydych chi'n ei dewis, mae'n bwysig i chi ddysgu cymaint ag y gallwch chi amdani. Peidiwch ag ofni gofyn i'ch meddyg teulu – maen nhw yno i ateb eich cwestiynau, ac yn achos rhywbeth mor bwysig â thriniaeth ar gyfer iselder ôl-enedigol, does yna ddim y fath beth â chwestiwn gwirion.

Luned

Ar ôl cael iselder o'r blaen, roeddwn i'n adnabod yr arwyddion. Felly fe wnes i siarad gyda fy ngŵr a fy mam, yna mynd yn syth at y meddyg. Fy mhryder oedd bod angen i fi fod yn iach er mwyn fy mabi, ond roeddwn i angen 'fi' yn ôl hefyd.

Triniaeth cyffuriau

Os ydych chi'n cael diagnosis o iselder ôl-enedigol, fe fydd eich meddyg teulu yn cynnig un o blith sawl gwrthiselydd. Mae'r gwrthiselyddion sy'n cael eu defnyddio amlaf bellach yn perthyn i ddosbarth o gyffuriau o'r enw atalyddion aildderbyn serotonin dethol (cyffuriau SSRI). Mae'r cyffuriau hyn yn gweithio drwy gynyddu lefelau'r niwrodrosglwyddydd serotonin yn eich ymennydd. Y gred yw bod y cemegyn hwn yn effeithio ar y ffordd mae eich ymennydd yn gweithio. Dydyn nhw ddim yn gaethiwus, ond weithiau gall gymryd sawl wythnos cyn y byddan nhw'n dechrau gweithio.

Fe ddylai eich meddyg ofyn a ydych chi'n bwydo ar y fron, gan fod rhai cyffuriau yn pasio i'r llaeth. Dydy fluoxetine, er enghraifft, ddim yn cael ei argymell ar gyfer mamau sy'n bwydo ar y fron, ond dylai paroxetine a sertraline fod yn iawn, oherwydd mai dim ond lefel isel iawn ohonyn nhw sy'n pasio i'r llaeth.

Prin yw'r ymchwil ar wrthiselyddion a'u heffaith ar iselder ôl-enedigol. Mae'r astudiaethau wedi tueddu i fod yn fach, gyda chyfradd uchel o gyfranogwyr yn gadael. Fodd bynnag, mae cyffuriau SSRI yn cael eu defnyddio ar gyfer gwahanol fathau o iselder hefyd, nid iselder ôl-enedigol yn unig, ac mae prawf eu bod nhw'n effeithiol.

Yn sicr, mae yna stigma ynghlwm wrth gymryd gwrthiselyddion. Ond mae'n bwysig cofio mai salwch yw iselder ôl-enedigol. Fyddech chi ddim yn meddwl dwywaith am gymryd gwrthfiotigau ar gyfer haint neu aspirin ar gyfer cur pen. Ceisiwch edrych ar therapi cyffuriau yn yr un ffordd. Mae un astudiaeth wedi edrych ar deimladau menywod ag iselder ôl-enedigol tuag at driniaeth cyffuriau. Cafwyd nifer o sylwadau fel 'Dydw i ddim yn un i gymryd tabledi' neu 'Dydw i ddim yn hoffi cymryd tabledi ... maen nhw'n siŵr o wneud mwy o ddrwg i chi yn y pen draw.' Fe wnes i sylwi bod rhai o'r menywod y gwnes i eu cyfweld ar gyfer y bennod hon yn defnyddio ymadroddion tebyg hefyd. Mae'n berffaith ddealladwy i chi brofi'r ofnau hyn. Cofiwch, does neb yn eich gorfodi chi i gymryd tabledi. Ond mae'n hanfodol rhoi gwybod i'ch meddyg am unrhyw benderfyniadau rydych chi'n eu gwneud am eich meddyginiaeth, oherwydd gall rhoi'r gorau i gymryd gwrthiselyddion yn sydyn fod yn beryglus.

Mae'r cyffuriau SSRI sy'n cael eu cynnig amlaf yn cael eu trafod isod.

Fluoxetine (enw brand: Prozac)

Mewn un astudiaeth o fluoxetine ar gyfer trin fluoxetine, canfu ymchwilwyr 'welliannau sylweddol iawn' ymhlith menywod isel eu hysbryd a gafodd y cyffur ynghyd â sesiynau cwnsela therapi gwybyddol ymddygiadol. Roedd menywod ar fluoxetine yn gwella mwy na'r menywod a gafodd plasebo. Mae sgileffeithiau cyffredin fluoxetine yn cynnwys cur pen, nerfusrwydd, cyfog a dolur rhydd. Gall syrthni, brech ar y croen a chamweithredu rhywiol ddigwydd hefyd, er bod y sgileffeithiau hynny'n brin.

Paroxetine (enw brand: Seroxat)

Mewn astudiaeth o 35 o fenywod isel eu hysbryd, gwelwyd bod paroxetine hefyd yn arwain at welliant sylweddol yn eu symptomau. Rhannwyd y menywod yn ddau grŵp, gydag un grŵp yn derbyn paroxetine yn unig a'r grŵp arall yn derbyn sesiynau cwnsela hefyd. Ni welwyd unrhyw wahaniaethau ystadegol nodedig rhwng y ddau grŵp. Mae sgileffeithiau cyffredin y cyffur yn cynnwys cyfog, chwysu, syrthni a phendro. Mae'r sgileffeithiau prinnach yn cynnwys nerfusrwydd, gorbryder, cynnwrf, brech ar y croen, cosi, pothelli ar y croen sy'n cosi (*hives*), poen cymalau, colli pwysau a chonfylsiynau.

Sertraline (enw brand: Lustral)

Ychydig iawn o astudiaethau sydd wedi eu cynnal i sertraline fel triniaeth benodol ar gyfer iselder ôl-enedigol. Fodd bynnag, canfu astudiaeth fechan o 14 menyw fod y rhai ar sertraline yn ymddangos yn llai tebygol o ddioddef ail bwl o iselder ôl-enedigol na'r rhai a oedd yn cymryd plasebo.

Mae sgileffeithiau cyffredin yn cynnwys cyfog, dolur rhydd, colli archwaeth, diffyg traul a phroblemau cysgu. Mae sgileffeithiau prinnach yn cynnwys pendro, crynu, dryswch, crychguriadau, llewygu a brech ar y croen.

Cyffuriau SSRI eraill

Mae'n bosib y cewch chi gynnig fluvoxamine (enw brand: Faverin) neu citalopram (enw brand: Cipramil) hefyd. Mae'r rhain wedi bod yn destun astudiaethau eang yng nghyd-destun iselder cyffredinol ymhlith oedolion, ond dydyn nhw ddim wedi bod yn destun gwaith ymchwil sylweddol o ran eu heffeithiolrwydd ymhlith menywod sy'n dioddef o iselder ôl-enedigol.

Mari

Mi es i at y doctor a rhannu fy symptomau, ac mi roddodd fi ar dabledi yn syth, er 'mod i'n amharod i'w cymryd nhw. Mi wnes i drio sawl meddyginiaeth wahanol cyn dod o hyd i'r un iawn i fi. Citalopram ges i yn y pen draw, dwi'n meddwl. Mi wnaethon nhw helpu. Mi ydych chi'n teimlo'n waeth wrth ddechrau eu cymryd nhw, ond wedyn maen nhw'n helpu. Er, doeddwn i byth yn teimlo'n fi fy hun arnyn nhw. Doedd gen i ddim emosiynau pan oeddwn i'n eu cymryd nhw. Allwn i ddim crio na chwerthin. Ond mae'n bosib mai dyna sut roeddwn i ar y pryd, dwi'm yn gwybod.

Leila

Un diwrnod, dyma'r gŵr yn sôn ar y ffôn ei fod e'n meddwl bod gen i iselder. Yr un dydd, fe ddywedodd merch yn y gwaith wrtha i am fynd i weld meddyg, felly dyna beth wnes i. Fe awgrymodd hi fy mod i'n aros am wythnos i ystyried, ac os oeddwn i'n dal yn meddwl fy mod i eisiau rhywbeth, y byddai hi'n rhoi rhywbeth i fi. Fe wnes i gymryd Prozac am ychydig dros fis, wedyn fe wnes i deimlo awydd i ymdopi heb dabledi. Fe helpodd yn fawr. Doeddwn i ddim yn hoffi'r syniad o gymryd unrhyw beth. Dwi'n berson sy'n hoffi rheoli pethau, a doedd y teimlad nad oedd hynny'n wir ddim yn llesol i fi. Ond roedd y tabledi yn gymaint o help. Roeddwn i'n teimlo'n dda, ac roedden nhw'n gadael i fi fynd i'r afael â sefyllfaoedd cyffredin. Dwi wedi bod oddi arnyn nhw nawr ers sbel, ac er fy mod i weithiau'n cael pyliau oriog o dro i dro, dwi wedi dysgu rheoli fy nheimladau oherwydd dwi nawr yn gwybod beth yw e.

Nodyn ar driniaeth hormonau

Ychydig iawn o waith ymchwil sydd wedi'i gynnal i allu triniaeth hormonau i wneud gwahaniaeth i iselder ôl-enedigol. Canfu un astudiaeth fechan o 61 o fenywod ag iselder a gafodd eu trin gyda'r hormon oestrogen fod yr hormon i'w weld yn gweithio'n well na phlasebo. Ond dydy'r astudiaeth hon ddim yn ddigon i awgrymu bod modd gwella iselder ôl-enedigol gyda thriniaeth hormonau.

Beth am therapïau amgen?

Ychydig iawn o waith ymchwil sydd wedi ei wneud i effeithiolrwydd therapïau fel ioga, therapi golau, aromatherapi a thylino. Fodd bynnag, maen nhw'n annhebygol o wneud unrhyw ddrwg i chi, ac os ydyn nhw'n help i chi ymlacio ac yn rhoi seibiant i chi o'ch cyfrifoldebau gofal plant, yna does dim rheswm pam na ddylech chi eu defnyddio. Ond cofiwch fod meddyginiaethau llysieuol, er eu bod yn 'naturiol', yn gallu bod yn hynod gryf, ac y gallan nhw adweithio i'r cyffuriau rydych chi'n eu cymryd ar gyfer cyflyrau eraill. Gwnewch yn siŵr eich bod chi'n gwirio gyda'ch meddyg cyn cymryd unrhyw feddyginiaethau llysieuol.

Mae'n bosib eich bod chi wedi clywed am eurinllys (*St John's wort*), perlysieuyn sydd wedi profi'n effeithiol wrth drin iselder ymhlith oedolion. Ond nid oes unrhyw ymchwil wedi cael ei chynnal i effeithiolrwydd eurinllys wrth drin iselder ôl-enedigol, ac mae'n bwysig i chi beidio â'i gymryd os ydych yn feichiog neu'n bwydo ar y fron. Os ydych chi'n bwriadu ei gymryd, gwnewch yn siŵr eich bod chi'n rhoi gwybod i'ch meddyg.

Therapïau siarad

Dydy llawer o fenywod sydd ag iselder ôl-enedigol ddim eisiau cymryd cyffuriau, felly mae ystyried mathau eraill o therapi yn gwneud synnwyr. Yn fras, mae yna ddau brif fath o therapi siarad sydd wedi eu defnyddio i drin iselder ôl-enedigol: seicotherapi a therapi gwybyddol ymddygiadol.

Mae'n anodd gwahaniaethu'n glir rhwng y ddau ddull, ac mae sawl ysgol o feddwl ynddyn nhw, felly canllaw bras iawn yw'r hyn sydd yn dilyn. Yn gyffredinol, fe fydd y ddwy driniaeth yn cynnwys siarad am eich meddyliau a'ch emosiynau.

Mae astudiaethau wedi dangos bod y ddau fath yma o therapi siarad yn effeithiol mewn astudiaethau, er, fel sy'n arferol yn achos iselder ôl-enedigol, does dim llawer o ymchwil ar gael. Ar y cyfan, mae'n ymddangos bod sesiynau therapi unigol yn fwy effeithiol na therapi grŵp. Ond gall hyn i gyd ddibynnu ar ba fath o berson ydych chi.

Seicotherapi neu gwnsela

Fe fydd seicotherapydd neu gwnselydd yn gweithio gyda chi i'ch helpu i ddeall eich perthnasoedd – o fewn a thu allan i'ch teulu – ac unrhyw wrthdaro. Mae'n bosib y bydd yn rhaid i chi siarad am bethau sy'n eich cynhyrfu neu bethau a oedd yn drawmatig i chi. Efallai y bydd yn rhaid i chi feddwl am bethau o'r gorffennol rydych chi wedi ceisio eu hanghofio, ond fe fyddwch chi hefyd yn cael eich annog i ddod o hyd i ffyrdd o ddelio â'ch teimladau.

Therapi gwybyddol ymddygiadol

Mae therapi gwybyddol ymddygiadol yn ymwneud â'ch helpu i newid sut rydych chi'n ymddwyn. Mae'r dull yn ceisio chwalu hen arferion o feddwl ac 'ailweirio' eich ymennydd i ymateb yn wahanol i ddigwyddiadau. Fe fydd eich cwnselydd yn gweithio gyda chi i adnabod y patrymau negyddol hyn. Unwaith y gallwch chi wneud hynny, fe allwch chi ddechrau gweithio i'w newid nhw.

Manteision ac anfanteision therapïau siarad

Gall y byd fod yn lle unig iawn pan fyddwch chi'n dod yn fam am y tro cyntaf. Weithiau, gall helpu i gael amser penodol i sôn wrth rywun am eich meddyliau a'ch teimladau. Mantais arall y therapïau hyn yw eu bod yn rhydd o'r sgileffeithiau sy'n gysylltiedig â chyffuriau, a dydyn nhw ddim yn mynd i effeithio ar eich gallu i fwydo ar y fron.

Fodd bynnag, dydy therapi ddim yn gweithio i bawb. Mae'n bosib eich bod chi'n teimlo'n anghyfforddus iawn yn siarad am eich teimladau ac yn ail-fyw eich profiadau. Efallai na fyddwch chi'n cyd-dynnu gyda'ch therapydd. Efallai na fyddwch chi'n gallu cael gafael ar driniaeth does dim rhaid i chi dalu amdano. Neu efallai na fydd gofynion eich babi, eich swydd a'ch cartref yn cyd-fynd ag amserlen y therapydd.

Rydych chi'n debygol o fod mewn cyflwr bregus iawn ac mae angen rhywun y gallwch chi ymddiried ynddyn nhw, felly mae'n bwysig defnyddio therapyddion sydd wedi'u cofrestru gyda chorff cenedlaethol cydnabyddedig. (Gweler yr adran 'Cysylltiadau defnyddiol' am ragor o fanylion ar ddod o hyd i therapydd.)

Anni

Fe wnes i holi am help yn y pen draw pan sylweddolais i nad oeddwn i wedi bod y tu fas i'r drws ffrynt ers bron deufis. Fe soniais wrth fy mam ac fe alwodd hi gyda'r ymwelydd iechyd. Fe ges i gynnig tabledi i ddechrau, a chael Cipramil gan fy mod i'n dal i fwydo fy merch. I fod yn onest, sai'n credu bod e wedi helpu. Roeddwn i'n teimlo'n hapusach ac yn mynd mas yn amlach, ond doeddwn i dal ddim yn gadael fy merch gydag unrhyw un arall, ac fe fyddwn i'n cynhyrfu'n lân os oedd fy rhieni'n gofalu amdani am unrhyw gyfnod o amser. Yn y pen draw, fe es i'n ôl at y meddyg ac esbonio sut roeddwn i'n teimlo, a dyma'r meddyg yn gofyn tybed a fyddai cwnsela yn fy helpu i fynd at wraidd fy iselder ôl-enedigol. Fe wnes i ddysgu llawer amdana i fy hun drwy'r cwnsela, ac roedd yn fwy o help i fi na'r cyffuriau oherwydd dwi nawr yn deall achos fy iselder.

Mari

Mi wnaeth y doctor awgrymu 'mod i'n mynd i ddosbarth tylino babis lleol i ddod i adnabod mamau eraill, ond mi oeddwn i'n casáu'r lle. Mi oeddwn i'n teimlo eu bod nhw i gyd yn edrych arna i ac yn fy marnu i. Mi fyddai wedi bod yn well mynd i ddosbarth neu gyfarfod mamau eraill efo iselder ôl-enedigol, ond doedd 'na ddim byd ar gael ar y pryd, gwaetha'r modd.

Rhai ffyrdd eraill i chi helpu eich hun

Awgrymiadau anecdotaidd yw'r canlynol a dim mwy. Mae'n bosib na fyddan nhw'n helpu, ond dydyn nhw'n sicr ddim yn mynd i wneud dim drwg i chi.

Ewch ati i greu rhwydwaith cymorth i chi eich hun a'ch babi. Dewch o hyd i grwpiau mamau a babanod, nodwch berthnasau a allai fod o gymorth neu ymunwch â dosbarthiadau. Mae byw gydag iselder ôl-enedigol yn gwneud yr holl bethau normal hyn gryn dipyn yn anoddach. Dwi'n cofio bod â gormod o ofn i fynd i unrhyw grwpiau oherwydd fy mod i'n poeni y byddai'r mamau eraill i gyd yn berffaith. Os ydych chi'n teimlo'r un peth, rhowch gynnig ar ddosbarth tylino babanod neu nofio gyda'ch babi. Dydych chi ddim yn mynd i fod o dan unrhyw bwysau i siarad, ac fe allwch chi ddod i adnabod pobl yn raddol.

Gwnewch ymdrech i fynd allan o'r tŷ o leiaf unwaith y dydd. Ydy, dwi'n gwybod, gall hel cewynnau, poteli ac ati deimlo fel ymdrech ddi-ddiwedd ac mae'n haws o lawer eistedd yn syllu ar y waliau os yw'r tywydd yn wael. Ond fe fydd mynd allan, hyd yn oed am dro bach i'r parc, yn clirio'ch pen ac yn eich atgoffa bod yna fyd y tu allan.

Soniwch wrth bobl sut rydych chi'n teimlo. Nid arwresau ydyn ni, er y bydden ni'n hoffi bod. Weithiau, waeth faint rydyn ni eisiau gallu ymdopi, allwn ni ddim. Does dim cywilydd yn y peth. Dwi wedi siarad droeon â menywod a oedd yn teimlo gormod o gywilydd i gyfaddef eu bod nhw'n isel eu hysbryd, oedd i gyd yn difaru na wnaethon nhw chwilio am help yn gynharach.

Peidiwch â bod ofn gofyn am help, na derbyn help. Mae llawer o fenywod dwi wedi siarad â nhw yn poeni am ofyn am help oherwydd eu bod nhw'n meddwl nad oedd eu cyflwr yn ddigon difrifol – bod ganddyn nhw fabanod iach, ac y dylen nhw felly fod yn ddiolchgar a chadw'n dawel. Does dim angen cymharu eich hun â neb arall. Meddyliwch amdanoch chi'ch hun a sut rydych chi'n teimlo.

Partneriaid ac iselder ôl-enedigol

Gall bod yn bartner i fenyw ag iselder ôl-enedigol fod yn brofiad brawychus. Mae'n anodd gwylio'r fenyw rydych chi'n ei charu ac a gariodd eich plentyn yn troi'n ddieithryn ar adeg ddylai fod y cyfnod hapusaf yn eich bywydau. Nawr, yn fwy nag erioed, mae arni hi angen cefnogaeth, amynedd a chariad ei phartner.

Mae'n bosib eich bod chi, y partner, yn teimlo'n ddiymadferth, ond y gwir yw mai chi yn wir allai gynnig yr help mwyaf iddi hi. Yn aml, partneriaid sy'n sylwi bod rhywbeth o'i le ac yn annog y fam i gymryd y cam cyntaf hollbwysig hwnnw i fynd at ei meddyg. Os ydych chi'n amau bod iselder ôl-enedigol ar eich partner, ceisiwch siarad â hi yn ystod cyfnod pan nad yw'n debygol o fod yn flin neu o dan straen (er enghraifft, mae'n werth osgoi amser bath, amser bwydo neu pan mae hi'n newid y babi). Arhoswch nes bod y babi yn cysgu, wedyn mynnwch air â hi. Peidiwch â bwrw iddi fel tarw mewn siop lestri – byddwch yn addfwyn. Awgrymwch eich bod chi'n mynd at y meddyg. Fe allai argraffu rhywfaint o wybodaeth am iselder ôl-enedigol ar-lein, neu ddangos y llyfr hwn iddi, fod o fudd. Mae angen i chi ei sicrhau eich bod chi'n ei charu a'ch bod chi eisiau ei helpu a'i chefnogi yn y dewisiadau mae hi'n eu gwneud o ran triniaeth.

Y dyfodol

Mae'n ymddangos yn amhosib ar hyn o bryd efallai, ond mae 'na fywyd ar ôl iselder ôl-enedigol. Gyda'r driniaeth gywir a'r gefnogaeth gywir, fe allwch chi wella. Does dim rhaid i'r cyflwr hwn amharu ar weddill eich bywyd. Dydych chi ddim yn eithriad unigryw, dydych chi ddim yn berson drwg, ac fe allwch chi roi hyn y tu ôl i chi.

Mae'n wir bod cael iselder ôl-enedigol unwaith yn golygu eich bod chi'n fwy tebygol o'i gael am yr eildro. Ond mae hefyd yn wir bod llawer o fenywod sydd wedi cael iselder ôl-enedigol yn ystod eu beichiogrwydd cyntaf yn mynd ymlaen i feichiogi eto heb ddioddef eildro. Os byddwch chi'n penderfynu cael plentyn arall, mae'n werth cofio hefyd y bydd eich meddyg teulu, bydwraig ac ymwelydd iechyd i gyd yn ymwybodol eich bod wedi cael iselder ôl-enedigol, ac fe fyddan nhw'n gallu adnabod arwyddion cynnar.

Sara

Cofiwch ofyn am help, hyd yn oed os ydych chi'n teimlo eich bod chi'n gwastraffu amser y doctor. Dydych chi ddim, ac nid chi yw'r unig fam sy'n teimlo'n wael. Rhowch gynnig ar ymarfer corff ysgafn (fe wnes i ioga a Pilates, a dwi'n dal i droi atyn nhw i gadw'n gall) a chofiwch garu chi eich hun – dydych chi ddim yn fam wael, waeth pa mor negyddol rydych chi'n teimlo. Mi wnes i hefyd orfodi fy hun i fynd allan a gwneud pethau efo fy merch er mwyn fy nghael i allan o'r tŷ. Mi oeddwn i'n gweithio ar y sail 'mod i wedi talu i wneud cwrs o ryw fath efo hi, felly mi oeddwn i'n mynd i fynd. Mae pres yn werthfawr, felly mi fyddwn i'n teimlo'n benderfynol iawn o fynd. Peidiwch â bod ofn cymryd meddyginiaeth. Os nad ydy o'n helpu ar unwaith, mae'n bosib y bydd angen trio rhyw fath gwahanol. Yn y bôn, mae angen i chi fod yn ddewr a cheisio cyfleu sut rydych chi'n teimlo. Mi oedd hyn yn hollbwysig i fi, ac os oeddwn i wedi cael diwrnod gwael, mi fyddwn i'n dweud hynny wrth fy ngŵr er mwyn iddo fo allu bod yn gefn i fi neu roi llonydd i fi.

Anni

Fy unig gyngor yw chwilio am help. Os nad ydych chi'n hapus i fynd ar eich pen eich hun, ewch â ffrind neu berthynas gyda chi. A pheidiwch byth â meddwl bod 'rhywbeth yn bod arnoch chi'. Does dim – y cyfan yw e yw salwch ofnadwy sy'n dwyn amser mwyaf arbennig eich bywyd oddi arnoch chi.

Beth yw seicosis ôl-esgor?

Mae seicosis ôl-esgor yn anhwylder prin ond hynod ddifrifol sydd weithiau'n cael ei alw'n seicosis ôl-enedigol. Dydy e ddim yr un peth ag iselder ôl-enedigol ac mae angen ei drin yn wahanol iawn. Mae'n effeithio ar tua un o bob 1,000 o famau. Y gred yw ei fod yn ymateb i'r newidiadau yn y lefelau hormonau sy'n digwydd wrth eni, er ei fod hefyd wedi'i gysylltu â ffactorau genetig. Dydyn ni ddim eto'n gwybod pam mae rhai menywod yn ei gael e a rhai ddim, a does dim llawer o waith ymchwil wedi ei gynnal i'r pwnc. Fodd bynnag, os ydych chi wedi cael salwch meddwl cyn i chi feichiogi, rydych chi'n fwy tebygol o gael seicosis ôl-esgor.

Mae seicosis ôl-esgor fel arfer yn dechrau yn fuan ar ôl yr enedigaeth. Mae'r symptomau yn cynnwys:

- rhithweledigaethau;
- rhithdybiau, sy'n gallu ymwneud â niweidio'r babi neu chi'ch hun;
- hwyliau oriog ac eithafol, gan symud o lawenydd mawr i iselder llethol mewn mater o funudau;
- ymddygiad hynod afresymol, fel gwario byrbwyll, bwyta mewn pyliau neu yrru peryglus.

Os nad ydych chi wedi cael seicosis ôl-esgor o'r blaen, fyddwch chi ddim o reidrwydd yn ymwybodol bod unrhyw beth o'i le. Mewn llawer o achosion, partneriaid, perthnasau neu weithwyr meddygol proffesiynol sy'n sylwi bod mam newydd yn ymddwyn yn rhyfedd, er y gall rhai menywod ddeall nad yw'r hyn maen nhw'n ei deimlo yn iawn. Os ydych chi neu'ch partner yn amau eich bod chi'n dioddef o seicosis ôl-esgor neu'n adnabod y symptomau a nodwyd uchod, mae'n hanfodol eich bod chi'n gofyn am gymorth meddygol proffesiynol cyn gynted â phosib, oherwydd bod y fam a'r babi mewn perygl o niwed.

Os ydych chi wedi dioddef o seicosis ôl-esgor o'r blaen, gwnewch yn siŵr bod eich partner, meddyg teulu, bydwraig ac ymwelydd iechyd yn ymwybodol o hynny. Fe ddylen nhw fod yn cadw golwg fanwl arnoch chi. Addysgwch eich partner a'ch teulu am y symptomau er mwyn iddyn nhw allu sylwi os bydd yn digwydd eto.

Gyda'r driniaeth iawn, mae'n bosib gwella seicosis ôl-esgor. Yn gyffredinol, fe fydd yn cael ei drin gyda chyfuniad o gyffuriau gwrthseicotig a gwrthiselyddion. Mae mamau a babanod fel arfer yn cael eu derbyn i'r ysbyty am driniaeth. Mae'n bosib defnyddio therapi electrogynhyrfol hefyd os yw'r symptomau'n arbennig o ddifrifol.

Mae seicosis ôl-esgor yn salwch brawychus sy'n gallu cael effaith enfawr ar y teulu cyfan. Mewn un astudiaeth, soniodd mamau wedi'u heffeithio am eu teimladau o golled, euogrwydd a galar. Roedden nhw'n teimlo bod yr wythnosau gwerthfawr cyntaf hynny gyda'u plentyn wedi cael eu difetha. Roedd rhai yn ofni eu bod nhw wedi effeithio'n andwyol ar eu plentyn mewn rhyw ffordd. Gall gwella o seicosis ôl-esgor fod yn broses araf, ac mae'n bwysig i chi chwilio am gwnsela a chefnogaeth os ydych chi'n teimlo bod eu hangen nhw arnoch chi.

3

Dysgu caru eich babi

Creu cwlwm yw'r un sicrwydd mawr sy'n gysylltiedig â geni, i fod. Waeth pa mor anodd yw eich beichiogrwydd, waeth pa mor hir yw eich esgor, fe allwch chi edrych ymlaen at glosio a chreu cwlwm hyfryd gyda'ch babi yn y pen draw. Dyna'r argraff ges i, o leiaf. Pan oeddwn i'n feichiog, fe wnes i holi sawl un sut brofiad oedd gweld eu babi am y tro cyntaf. Roedden nhw i gyd yn gytûn: rhyfeddol, anhygoel, gwych. Roedden nhw'n sôn am 'don anferth' o gariad wrth weld eu mab neu ferch am y tro cyntaf; y 'rhuthr' yna o ddisgyn dros eu pen a'u clustiau, rhywbeth cyfriniol a hardd. Yn naturiol, roedd hynny'n rhywbeth roeddwn i'n edrych ymlaen ato. Felly roedd yn dipyn o sioc pan na ddigwyddodd hynny i fi.

Efallai mai'r esgor 20 awr oedd ar fai, neu'r gwahanol gyffuriau oedd yn chwyrlïo o gwmpas fy ymennydd, neu rywbeth dyfnach â'i wreiddiau yn fy meddwl anymwybodol. Efallai am i fi gael gwybod y byddai'r boen yn stopio unwaith y byddai'r babi wedi ei eni (wnaeth e ddim). Ond fy ngeiriau cyntaf i fy mab oedd, 'Ewch ag o oddi arna i, plîs' ac mae hynny'n dal i fod yn un o'r prif bethau dwi'n ei ddifaru hyd heddiw. Felly treuliodd fy machgen bach ei bum munud cyntaf ar y ddaear hon yn cael ei ddal gan ei dad wrth i'r bydwragedd yn fy mhwytho i.

Am gyfnod hir, wnes i ddim teimlo dim am fy mab. Ond fy ngwaith i fel mam oedd gofalu amdano, ac roeddwn i bob amser wedi ymfalchïo yn fy ngallu i wneud popeth yn dda. Felly fe wnes i ei gadw'n lân a'i fwydo a threulio dyddiau cyfan gyda gwên ffals ar fy wyneb rhag ofn iddo fy ngweld i'n edrych yn drist a sylweddoli'r gwir. Ond doedd gen i ddim math o reddf famol, yn ôl pob golwg. Roedd ffrindiau yn sôn am 'adnabod' eu babanod. Doeddwn i ddim yn adnabod fy un i: doedd 'na ddim byd i'w adnabod. Roedd popeth a wnâi yn ymddangos yn hollol ar hap. Roedd fel sŵn gwyn: doeddwn i ddim yn gallu tiwnio i mewn iddo o gwbl.

Er enghraifft: aeth fy ngŵr a minnau ag e am brawf gwaed cyffredin pan oedd ychydig wythnosau oed, er mwyn gwneud yn siŵr fod y clefyd melyn oedd arno fo pan gafodd ei eni yn pylu. Yn yr ystafell aros, fe ddechreuodd grio. Dwi'n cofio dweud wrth fy ngŵr, 'Mae'n crio, beth dylen ni wneud?' Y cyfan wnaeth fy ngŵr oedd codi ei fab allan o'r bygi a'i gofleidio. Dyma'r crio'n stopio. Wnaeth hynny ddim hyd yn oed taro fy meddwl i. Pa fath o fam oeddwn i, mam oedd ddim hyd yn oed yn gallu synhwyro bod ar ei mab angen cwtsh?

Dwi'n gwybod fy mod i'n caru fy mab yn fwy na dim byd – nawr. Ond dwi dal ddim yn siŵr pryd yn union wnes i ddechrau ei garu. Dwi wedi darllen am famau eraill, a gafodd drafferth creu cwlwm yn cael un fflach ddisglair, yr eiliad honno pan wnaethon nhw gwympo dros eu pen a'u clustiau mewn cariad â'u babi. Ond nid dyna 'mhrofiad i. Weithiau, dwi'n meddwl am y cariad hwnnw fel ffeil goll ar fy nghyfrifiadur: mae'n bosib ei bod hi yno drwy'r amser, ond 'mod i wedi cymryd oes i ddod o hyd iddi hi, beth oedd enw'r ffeil, a sut i'w hagor yn iawn.

Beth yw creu cwlwm?

Mae creu cwlwm yn gyfareddol ac yn hynod gymhleth, ac mae eto i gael esboniad gwyddonol digonol. Mae llawer iawn o waith ymchwil wedi ei gynnal i greu cwlwm mewn anifeiliaid a phobl, a llawer iawn o ddyfalu beth yn union yw'r broses, sut mae'n digwydd a pham, weithiau, nad yw'n digwydd.

Mae'n cael ei ddiffinio fel proses lle mae unigolion yn ffurfio cysylltiad emosiynol â'i gilydd, ond mae hwnnw'n ddiffiniad mor gyffredinol fel ei fod fwy neu lai yn ddiystyr. Ond mae'n fan cychwyn da i ni, ac mae'n cyfeirio at fater pwysig – er bod creu cwlwm yn aml yn cael ei grybwyll fel rhywbeth sy'n datblygu ar unwaith, y gwir yw mai proses yw hi sydd wedi dechrau ymhell cyn geni'r babi. Mae'n rhywbeth sy'n esblygu, yn hytrach na rhywbeth sy'n ymddangos yn sydyn.

Yn wir, mae'n debygol bod y gwaith o greu cwlwm yn dechrau unwaith y byddwch chi'n gwybod eich bod chi'n feichiog. Os ydych chi wedi rhoi'r gorau i smygu, yfed, bwyta caws heb ei basteureiddio a neidio bynji tra'r ydych chi'n feichiog, rydych chi'n gwneud aberth er lles iechyd y plentyn yn eich croth. Rydych chi felly ynghlwm wrtho yn emosiynol. Mae'r cysylltiad â'r plentyn yn debygol o ddwysáu wrth i'r plentyn yn y groth ddod yn fwy 'real' – dwi wedi clywed straeon am famau (a thadau yn enwedig) sydd ddim ond yn dod i delerau â'r ffaith fod babi ar y ffordd wrth weld y ddelwedd gyntaf o'r babi adeg y sgan tri mis. Yn ddiweddarach, mae teimlo'r babi yn symud ac yn cicio, fel pe bai'n ymateb i'ch llais neu ysgogiad arall, yn helpu i atgyfnerthu'ch delwedd o'ch plentyn. Yn ôl un astudiaeth o 481 o fenywod beichiog, roedd dwy ran o dair o'r menywod wedi datblygu cwlwm mamol cryf erbyn y seithfed mis o feichiogrwydd.

Fe allai creu cwlwm fod yn broses gemegol hefyd. Mewn astudiaeth ddiweddar, mesurwyd lefelau hormon ocsitosin menywod beichiog. Ar ôl i'r menywod eni eu plant, aeth yr ymchwilwyr ati i fesur eu lefelau creu cwlwm. Dangosodd y canlyniadau fod y menywod â lefelau uwch o ocsitosin yn ystod beichiogrwydd cynnar yn gwneud llawer mwy o weithgareddau creu cwlwm, megis gofalu am y babi a'i gyffwrdd, neu chwarae gyda'u babi, na'r menywod â lefelau is o'r hormon.

Mae creu cwlwm yn llawer mwy na dim ond teimlo cariad – mae'n ymwneud â dangos cariad hefyd. Ar ôl i'ch babi gael ei eni, rydych chi'n cyflawni gweithredoedd creu cwlwm yn ddiarwybod. Mae siarad â'ch babi, chwarae gyda'ch babi, cyffwrdd a chusanu eich babi i gyd yn helpu i roi gwybod i'ch babi mai chi yw ei fam. Fe fydd y babi'n ymateb i chi gyda synau a symudiadau, er nad ydych chi o reidrwydd yn ymwybodol ohonyn nhw. Mae cwlwm yn broses ddwyffordd. Felly, hyd yn oed os nad ydych chi'n teimlo'n llawn cariad, fe allwch chi roi gwybod i'ch babi eich bod chi yno yr un fath.

Beth sy'n digwydd pan nad ydych chi'n creu cwlwm?

Mae tua 29% o fenywod sy'n cael diagnosis o iselder ôl-enedigol yn dioddef problemau creu cwlwm. Mae yna lawer o wahanol arlliwiau ar y sbectrwm creu cwlwm. Os nad ydych chi'n creu cwlwm â'ch babi, efallai y byddwch chi'n teimlo'n ddifater amdano. Mae'n bosib y byddwch chi'n profi teimladau o gasineb, anniddigrwydd eithafol neu ddifaterwch. Bydd rhai mamau'n ei chael hi'n amhosib gofalu am eu babi neu ryngweithio ag ef. Bydd rhai yn teimlo ofn – bron i'r graddau fod ganddyn nhw ffobia o'u babi. Mewn achosion eithafol, fe allech chi fod eisiau niweidio'ch babi. Os yw hynny'n wir, mae angen i chi chwilio am help cyn gynted ag y gallwch chi. (Gweler yr adran 'Brifo neu esgeuluso eich babi' ar ddiwedd y bennod hon.) Gall y teimladau hyn ddechrau unwaith mae'r babi wedi'i eni, neu yn ddiweddarach. Maen nhw'n debygol o gael eu cymhlethu gan deimladau o euogrwydd nad ydych chi'n ymateb i'ch babi yn unol â disgwyliadau cymdeithas.

Eira

Pan oedd hi'n bum wythnos oed, mi wnes i golli fy limpin. Mi oedd hi newydd chwydu arna i ar ôl bwydo hwyr y nos, ac mi fu'n rhaid i fi alw ar fy ngŵr i gael trefn ar bethau. Mi wnes i ei phasio hi iddo fo, cerdded i ffwrdd a glanhau'r llanast ac wedyn mynd i'r gwely sbâr. Ar ôl beichio crio drwy'r nos, mi ddaeth y bore a finnau'n erfyn ar fy ngŵr i beidio â mynd i'r gwaith gan nad oeddwn i eisiau bod ar fy mhen fy hun efo hi. Allwn i ddim edrych arni hi, heb sôn am ei chodi hi. Mi wnes i adael pob dim i'r gŵr ei wneud. Doeddwn i ddim eisiau ei brifo hi mewn unrhyw ffordd – wnaeth hynny ddim croesi fy meddwl i o gwbl – ond mi wyddwn i nad oeddwn i ei heisiau hi. Mi wnes i hyd yn oed ofyn i'r gŵr ffonio'r gwasanaethau cymdeithasol i ddod i'w nôl hi. Gwrthod wnaeth o, wrth gwrs!

Cwlwm mamol arbennig?

Yn gyffredinol, rydyn ni'n cael ein magu gyda'r syniad bod y cwlwm mamol yn beth arbennig: nad oes cwlwm tebyg iddo, ac os oes rhywbeth yn digwydd i dorri'r cwlwm hwnnw, yna y bydd y plentyn yn dioddef. Mae'n bosib bod gwreiddiau hyn yng ngwaith Dr John Bowlby ar ddechrau'r 1950au. Roedd damcaniaeth Bowlby o amddifadedd mamol yn honni bod y berthynas rhwng mam a phlentyn yn unigryw ac y byddai'r plentyn yn dioddef canlyniadau difrifol pe bai'r cwlwm yn cael ei dorri. Credai fod yn rhaid i'r cwlwm hwn gael ei greu o fewn chwe mis cyntaf bywyd plentyn.

Mae'r ddamcaniaeth wedi cael ei beirniadu'n hallt ond mae hi hefyd wedi cael ei defnyddio sawl gwaith ers hynny i 'brofi' damcaniaethau gwleidyddol a chymdeithasol, yn enwedig ynghylch menywod yn y gweithle. Yn ddiweddarach, diwygiodd Bowlby ei ddamcaniaeth, a derbynnir yn gyffredinol bellach bod modd i'r tad neu'r fam ofalu am blentyn – neu, yn wir, dad neu fam i un o'r rhieni neu riant mabwysiadol – heb wneud unrhyw ddrwg i'r plentyn dan sylw. Yn sicr, does yna ddim math o dystiolaeth fod tadau yn waeth am ofalu am eu plant na mamau.

Fodd bynnag, mae damcaniaeth wreiddiol Bowlby yn dal i bwyso ar yr anymwybod cyffredinol, wedi'i atgyfnerthu gan y miloedd o ddelweddau, geiriau ac enghreifftiau sy'n dangos menywod fel gofalwyr a meithrinwyr 'naturiol' o adeg y geni ymlaen. Bob tro rydych chi'n poeni eich bod chi'n 'annaturiol' mewn rhyw ffordd, bob tro rydych chi'n argyhoeddedig y dylech chi fod wedi creu cwlwm â'ch babi ar unwaith a bod methu gwneud hynny wedi niweidio'ch plentyn, mae'n debygol mai adlais o ddamcaniaeth Bowlby drwy'r cenedlaethau sy'n gyfrifol am hynny. Does dim angen i chi deimlo'n euog os nad ydych chi wedi creu cwlwm â'ch plentyn ar unwaith neu os ydych chi wedi cael trafferth creu cwlwm. Mae'n hollol normal, dydy e ddim yn golygu eich bod chi'n fam wael neu'n berson gwael, ac mae'n annhebygol o gael effaith barhaol ar eich babi.

Eira

Y cyfan gallwn i ei feddwl oedd bod y peth 'ma wedi dod i mewn i'n bywydau ni a chymryd drosodd. Mi oeddwn i'n gwybod na fyddai cael babi yn hawdd, ond doeddwn i erioed wedi disgwyl y byddai'n teimlo mor ofnadwy. Doedd y ffaith mai babi IVF oedd hi ddim yn helpu chwaith, gyda phawb yn mynnu dweud 'mod i'n ei charu hi gymaint mwy, mae'n rhaid, ar ôl yr holl drafferth i'w chael hi. Y broblem oedd, doeddwn i ddim! Eisiau fy mywyd i'n ôl oeddwn i, y bywyd lle'r oeddwn i'n gwybod beth roeddwn i'n ei wneud. Roeddwn i eisiau mynd yn ôl i weithio, i'r swydd oedd yn rhoi'r fath foddhad i fi. Yn sicr, doeddwn i ddim eisiau bod yn fam mwyach!

Llio

Roeddwn i'n ddideimlad. Ond allwn i ddim deall pam. Roedden ni wedi beichiogi'n fwriadol, felly roeddwn i'n teimlo dan bwysau i greu cwlwm gyda fy merch fach ar unwaith. Roeddwn i hefyd yn teimlo'n euog iawn am deimlo felly. Roeddwn i'n casáu fy hun am fod yn fam wael, a dwi'n dal i deimlo'r euogrwydd hyd yn oed heddiw.

Pam na wnes i greu cwlwm gyda fy mabi?

Does neb yn gwybod pam mae rhai menywod yn creu cwlwm ar unwaith a rhai ddim, ond fe allwn ni nodi ambell ffactor risg. Os yw eich babi'n sâl neu os yw'n cael ei eni yn gynnar, mae'n gwneud synnwyr eich bod chi efallai wedi wynebu mwy o broblemau yn creu cwlwm. Mae astudiaeth gan Stern yn trafod y gwrthdaro rhwng y beichiogrwydd seicolegol a'r un corfforol, yr ennyd pan fydd y babi 'dychmygol' yn dod yn fabi 'go iawn. Prin yw'r menywod beichiog sydd ddim yn dyfalu sut un fydd eu babi, a does dim llawer ohonyn nhw'n dychmygu eu babi delfrydol yn dioddef cyflwr ar y galon neu daflod hollt. Ond prin iawn yw'r menywod hynny sy'n cael unrhyw rybudd bod eu babi'n debygol o gael ei eni'n gynnar neu'n sâl. Er bod sganiau yn gallu nodi rhai cyflyrau, fel syndrom Down, dydyn nhw ddim bob amser yn gywir ac mae yna lawer o gyflyrau sy'n amhosib i'w canfod gyda sganiau. Os yw hyn wedi digwydd i chi, mae'n bosib eich bod chi'n gweld nad yw eich syniad chi o'ch babi yn cyd-fynd â'r realiti, a gall hynny achosi problemau wrth greu cwlwm. Dydy hyn ddim yn golygu eich bod chi'n berson gwael neu'n fam wael. Mae babi newydd-anedig, waeth a oes ganddo broblemau iechyd ai peidio, yn dod â chryn dipyn o straen yn ei sgil. Fe fydd hi'n cymryd amser i chi ymdopi.

Mae iselder ôl-enedigol a genedigaeth drawmatig hefyd yn ffactorau risg, yn ôl pob golwg. (Fodd bynnag, dydy iselder ôl-enedigol ddim o reidrwydd yn golygu na fyddwch chi'n creu cwlwm â'ch babi – mae rhai menywod ag iselder ôl-enedigol yn teimlo cwlwm angerddol gyda'u babanod; gweler Pennod 2.) Canfu astudiaeth Kumar o 44 o fenywod a oedd wedi profi problemau difrifol wrth greu cwlwm (cyflwr yr oedd yn ei alw'n 'amhariad creu cwlwm mamol') fod iselder ôl-enedigol ac atgof o boen difrifol yn ystod esgor yn sylweddol gysylltiedig â'u hanawsterau creu cwlwm. Fodd bynnag, ni chanfu'r astudiaeth unrhyw dystiolaeth bod anawsterau creu cwlwm yn gysylltiedig â chymeriad mam. Canfu hefyd nad oedd problemau creu cwlwm yn ymddangos yn gyfyngedig i fabanod cyntaf – soniodd mamau am broblemau gydag ail blentyn, a hwythau wedi bod yn iawn gyda'r cyntaf.

Os cawsoch chi blentyndod anhapus neu os cafodd eich mam broblemau'n creu cwlwm â chi, mae yna ddigon o dystiolaeth anecdotaidd i awgrymu y byddwch chi'n ei chael hi'n anodd creu cwlwm â'ch babi chi hefyd – damcaniaeth yr Athro Selma Frailberg am 'ysbrydion yn y feithrinfa'. Mae llawer wedi cael ei ysgrifennu am 'rieni gwenwynig' sy'n gallu effeithio ar berthynas oedolion â'u plant eu hunain. Os ydych chi'n teimlo bod hynny'n berthnasol i chi, gweler yr adran 'Darllen pellach' am lyfrau a gwefannau sy'n cael eu hargymell, a darllenwch Bennod 4.

Eira

Mi gafodd fy merch ei chenhedlu drwy IVF, ac mi ges i feichiogrwydd anodd. Er 'mod i eisiau geni gartref, toriad Cesaraidd brys oedd hi yn y pen draw. Mi ges i drafferth bwydo ar y fron wedyn, a gorfod newid i'r botel ar ôl saith diwrnod. Dwi'n credu bod yr holl ffactorau hyn wedi cyfrannu at y methiant i greu cwlwm efo hi.

Gwawr

Ddwy flynedd cyn i fi feichiogi, fe gollodd fy chwaer fab tri mis oed i farwolaeth yn y crud. Roedd yn brofiad erchyll, ac un o'r pethau anoddaf yw nad oes llawer o luniau ohono ar gael. Dwi'n credu na wnes i greu cwlwm llawn gyda fy mab oherwydd, rhywle ym mêr fy esgyrn, fy mod i'n meddwl y gallwn i ei golli, ar unrhyw adeg, heb unrhyw fath o rybudd. Roeddwn i'n warchodol iawn ohono ac yn cario camera o gwmpas gyda fi yn gyson. Bob tro roedd e'n gwisgo gwisg newydd, fe fyddwn i'n tynnu tri llun, rhag ofn nad oedd y ddau gyntaf yn ddigon da.

Pan oedd fy mab yn ddeng mis oed, roedd fy nhad-yng-nghyfraith, a oedd yn byw dramor, yn cyrraedd diwedd ei oes. Cynigiodd ei wraig dalu i fy mhartner a'n mab fynd draw atyn nhw am bythefnos. Bachodd fy mhartner ar y cyfle, gan wybod bod ei fodryb yn mynd hefyd ac y byddai hi'n gofalu am ein mab. Roeddwn i gartref ar fy mhen fy hun, ac fe wnes i fynd yn wyllt; daeth yn amlwg fy mod i'n teimlo wedi fy llethu, a phan ddychwelodd y ddau, fe wnes i ddweud wrth fy mhartner fy mod i eisiau gwahanu os na fyddai pethau'n newid.

Pan welais i fy mab yn y maes awyr, roedden ni wedi bod ar wahân am bythefnos ond doeddwn i ddim yn teimlo unrhyw emosiwn. Dwi'n cofio meddwl pa mor anghyfarwydd oedd e'n edrych, fel dieithryn. Wrth feddwl am hynny nawr, mae'n peri gofid mawr i fi. Mae'n amlwg bod rhywbeth o'i le, ond doeddwn i ddim wedi cael diagnosis o iselder ôl-enedigol ar y pryd. Fy mhlentyn cyntaf i oedd e, felly doeddwn i ddim yn gwybod sut dylwn i deimlo. Yn ystod fy ail feichiogrwydd y dechreuais i greu cwlwm gyda fy mab cyntaf. Mae'n fachgen aeddfed a deallus iawn, ac roedd meddwl am fabi newydd wedi ei gyffroi.

Sut galla i ddatblygu cwlwm gyda fy mabi?

Mae yna gant a mil o ddamcaniaethau am ffyrdd o'i gwneud hi'n fwy tebygol y byddwch chi'n datblygu cwlwm gyda'ch babi. Mae eiriolwyr 'rhianta ymlyniad' yn credu bod arferion fel bwydo ar alw, cyd-gysgu a chario eich babi o gwmpas mewn sling yn helpu i ddatblygu cwlwm gwell. Ond mae'n bwysig nodi bod unrhyw arddull o fagu plant sy'n eich plesio chi a'ch babi yn iawn. Mae'r rhan fwyaf o bobl yn defnyddio'r arddull magu plant oesol honno, 'beth bynnag sy'n gweithio'. Does dim rhaid i chi ei alw'n unrhyw beth na dilyn unrhyw ddamcaniaethau penodol, na mabwysiadu ffordd o fyw yn ei chyfanrwydd, os nad yw hynny'n eich helpu chi – yn wir, bydd ceisio gwneud hynny'n rhoi llawer o bwysau ar eich ysgwyddau ar adeg sydd eisoes yn anodd iawn. Os yw cyd-gysgu yn eich gwneud chi'n hapus, gwnewch hynny. Os mai cysgu gyda'ch babi mewn ystafell arall sy'n gweithio orau i chi, gwnewch hynny. Mae cyngor am gysgu mwy diogel ar gael ar wefan y Lullaby Trust: <lullabytrust.org.uk>.

Mae'n bosib eich bod chi hefyd yn dioddef o iselder ôl-enedigol (gweler Pennod 2), a gall hynny'n sicr effeithio ar ansawdd y cwlwm mamol. Os felly, fe allai eich meddyg gynnig gwrthiselyddion neu gwnsela i chi. Ychydig iawn o waith ymchwil sydd wedi'i gynnal ar gwnsela i helpu'r broses creu cwlwm, ond mae hynny o wybodaeth sydd ar gael yn awgrymu y gallai fod yn effeithiol.

Yn anecdotaidd, mae'n ymddangos mai amser yw eich cyfaill mewn rhai achosion. Mae'n cymryd amser i ddod i adnabod unrhyw un, ac mae'n llawer anoddach os nad yw'r person dan sylw yn gallu dweud beth mae'n ei hoffi a beth nad yw'n ei hoffi, hyd yn oed os mai eich plentyn chi yw'r unigolyn dan sylw.

Mae'n bosib bod creu cwlwm yn anodd am fod babanod yn anodd, a dyna ni. Os mai dyma'ch babi cyntaf, fe fydd eich bywyd wedi cael ei droi wyneb i waered. Rydych chi'n debygol o fod yn dioddef o ddiffyg cwsg ac wedi blino'n lân ar ôl bod yn bwydo ar y fron. Mae'n bosib eich bod chi'n dioddef effeithiau corfforol ar ôl geni. Mae'n normal i chi deimlo'n ddig, yn druenus neu'n rhwystredig. Mae hefyd yn normal i chi deimlo'n ddig tuag at eich babi pan fydd yn deffro am y nawfed gwaith mewn noson. Nid y babi sydd ar fai, ond mae'n hawdd dychmygu fod y babi'n gwneud hynny i'ch cosbi chi mewn rhyw ffordd.

Dydy pethau ddim yn mynd i fod fel hyn am byth. Dydy'ch babi ddim yn mynd i fod yn greadur bach cynddeiriog sy'n gwneud dim ond bwydo, cysgu a baeddu am byth. Wrth iddo dyfu, fe fyddwch chi'n dod i adnabod ei bersonoliaeth unigryw, ac mae'n debygol y byddwch chi'n meddwl y byd o'ch mab neu'ch merch.

Fe wnes i siarad gydag Eira ar gyfer y bennod hon, ac fe soniodd hi am 'actio' ei theimladau at ei merch newydd. Fe wnes i roi cynnig ar hynny hefyd a gweld ei fod yn helpu, ac mae'n debyg ei bod yn dechneg hunangymorth gyffredin ymhlith mamau newydd. Er nad oeddwn i'n teimlo cariad tuag ato, roedd yn gysur i fi na fyddai fy mab byth yn gwybod hynny wrth edrych ar fy wyneb nac ar sail yr hyn roeddwn i'n ei wneud. Mae arfer yn rhywbeth grymus: unwaith y gwnes i ddechrau arfer bod â gwên ar fy wyneb bob tro y byddwn i'n deffro fy mab, fe ddaeth yn llai o ymdrech. Un gair o rybudd, fodd bynnag: dydy 'actio' y teimladau yr hoffech chi eu cael ddim o reidrwydd yn golygu bod eich gwir deimladau yn cilio. Mae'n bwysig sôn am eich teimladau wrth eich partner, eich ymwelydd iechyd neu unrhyw un arall rydych chi'n ymddiried ynddyn nhw. Anaml y mae mygu teimladau yn llesol; maen nhw'n siŵr o ffrwydro ar ryw adeg.

Gwelodd un astudiaeth fod mynychu dosbarthiadau cyn-geni fel pe bai'n cael dylanwad cadarnhaol ar greu cwlwm mamol. Mae'n ddigon posib fod hyder yn eich gallu i ofalu am eich babi yn cyfrannu at lwyddiant y broses o greu cwlwm ag ef neu hi.

Eira

Mi wnaeth fy ngŵr erfyn arna i fynd at y meddyg. Dwi'n meddwl ei fod o wedi sylweddoli mai iselder ôl-enedigol oedd o cyn y gwnes i, a'i fod yn gwybod bod angen i fi gael rhywfaint o help. Roedd yn rhaid i fi lenwi holiadur am sut roeddwn i'n teimlo, cyn i'r meddyg teulu roi presgripsiwn am wrthiselyddion i fi. Mi wnaeth o hefyd ddweud y byddai'n ffonio fy ymwelydd iechyd – mae hi wedi bod yn gymaint o gefn i fi. Am ddyddiau wedyn, allwn i ddim magu'r awydd i wneud unrhyw beth gyda fy merch. Pan aeth fy ngŵr yn ôl i'r gwaith, dim ond gwneud digon i'w chael hi drwy'r dydd fyddwn i. Pan fyddai'n dod adre o'r gwaith, roedd yn gafael yn yr awenau a finnau'n gwneud dim. Aeth hyn ymlaen am ryw bum wythnos.

Dwi'n credu i fi ddechrau syrthio mewn cariad efo hi pan wnes i fynd â hi i weld perthnasau. Wrth gwrs, mi oedd yn rhaid i fi chwarae rôl 'mam wedi gwirioni', ac wrth wneud hynny, dyma sylweddoli nad oedd hynny'n waith rhy galed! Mi ddaeth yn amlwg 'mod i'n hoffi gwenu arni a siarad efo hi a gwneud iddi wenu. Mi wnes i sylweddoli nad oedd hi wedi dioddef yn sgil y ffordd roeddwn i wedi ei thrin hi; oherwydd hynny, mi oedd o'n union fel pe bai hi'n rhoi ail gyfle i fi. Mi oedd yn rhaid i fi fachu ar y cyfle hwnnw efo dwy law a dysgu pob dim am y person bach newydd yma yn fy mywyd i.

Oes ots os nad ydyn ni'n creu cwlwm yn syth ar ôl geni?

Mae'n arfer yn y Deyrnas Unedig bellach i roi'r babi ar fron y fam cyn gynted ag y caiff ei eni, er mwyn annog creu cwlwm a bwydo ar y fron. Yn yr oes a fu, roedd babanod yn cael eu cario oddi wrth y fam, eu glanhau a'u bwydo â llaeth fformiwla er mwyn i'r fam gael gorffwys neu i leddfu ofnau y byddai'r babi yn llwglyd hyd nes y byddai'r fam yn dechrau cynhyrchu llaeth. Mae'n cael ei dderbyn bellach y dylai mamau a'u babanod newydd-anedig fod gyda'i gilydd yn yr ysbyty er mwyn hwyluso'r broses creu cwlwm a hyrwyddo bwydo ar y fron.

Mae rhai damcaniaethau'n ystyried bod yr oriau cyntaf hyn yn hollol hanfodol i ddatblygu'r cwlwm rhwng mam a'i phlentyn. Fodd bynnag, os na allwch chi dreulio'r oriau cyntaf gyda'ch babi am ba reswm bynnag, mae hefyd yn bwysig cofio na fydd hyn yn niweidio'ch babi mewn unrhyw ffordd. Mae llawer o famau yn methu gwneud hyn oherwydd bod eu babanod yn sâl iawn, neu oherwydd iddyn nhw gael genedigaethau trawmatig a bod angen llawer o ymyriadau meddygol arnyn nhw. Peidiwch â theimlo'n euog os oedd angen sylw meddygol arnoch neu os oedd angen gofal arbennig ar eich babi. Fel y nodwyd uchod, mae'r broses creu cwlwm yn un hir. Mae'r oriau cyntaf hynny'n bwysig, ond dydyn nhw yn gwbl hanfodol. Mae miloedd o fabanod angen gofal arbennig, ac maen nhw'n colli allan ar yr oriau hynny. Ond maen nhw'n tyfu i fyny yr un mor hapus a chytbwys â'r babanod a fu ym mreichiau eu mamau.

Lowri

Ar ôl i fi eni fy mab, dim ond am gyfnod byr y ces i ei ddal – o'r hyn dwi'n gallu'i gofio, mi oedd yn teimlo fel eiliad – nes i fi gael fy nghludo i'r theatr. Aeth tua thri chwarter awr i awr heibio cyn i fi gael ei ddal o'n iawn. Ond mi wnes i greu cwlwm efo fo ar unwaith. Mi fues i'n poeni nad oedd hynny wedi digwydd cystal ag y gallai, achos dwi'n teimlo mai'r munudau ar ôl geni a gweld y babi am y tro cyntaf yw'r cyfle gorau. Ond fy mam oedd efo fo yn ystod y cyfnod hwnnw, a finnau yn y theatr. Ond chafodd fy mhryderon mo'u gwireddu, ac mi rydyn ni wedi bod yn agos iawn erioed.

Ceri

Fe gafodd genedigaeth fy mab ei phrysuro, felly saith awr oedd yr esgor o'r dechrau i'r diwedd. Os ydw i'n onest, wnes i ddim teimlo unrhyw gysylltiad. Roeddwn i am i rywun ddod a mynd ag e oddi wrtha i. Doeddwn i ddim ei eisiau e. Mae teimlo hynny am fy mab fy hun yn fy ngwneud i'n drist. Dyw fy mhartner i ddim yn gefn mawr i fi, felly roedd cael dau o blant (roedd fy merch yn ddwy pan gafodd fy mab ei eni) yn dipyn o dalcen caled ar y dechrau. Ond fe wnes i fwrw drwyddi.

Mae gen i ffrind anhygoel. Fe wnes i ei ffonio un diwrnod mewn môr o ddagrau, gyda hithau'n gwrando ar fy nghwyn. Ei chyngor hi oedd i fi fynd i weld fy meddyg teulu. Wnes i mo hynny, ond fe wnes i ddweud wrth fy mhartner sut roeddwn i'n teimlo. Fe gymerodd amser, lot o amser, i'r cwmwl godi'n araf. Dwi'n teimlo'n euog bob dydd am y ffordd roeddwn i'n teimlo am fy mab. Dwi'n credu ei fod e'n gwybod, a dyna pam fod ei fagu mor anodd yn y misoedd cynnar. Ond dwi'n caru fy mhlant yn angerddol. Nhw yw fy myd.

Delio ag argraffiadau pobl eraill

Mae cyfaddef nad ydych chi'n teimlo cariad at eich babi yn dabŵ aruthrol, ac mae'n debygol o ddenu ymateb o sioc.

Cafodd yr actores Angelina Jolie ei beirniadu ar ôl iddi ddisgrifio ei babi newydd-anedig fel 'blob'. Fe wnaeth y term cymharol ddi-nod – er y byddai'r rhan fwyaf o bobl sydd wedi gweld babi newydd-anedig yn uniaethu â'r disgrifiad – godi gwrychyn llawer o rieni. Sut gallai hi ddefnyddio ymadrodd o'r fath i ddisgrifio babi newydd-anedig hyfryd, annwyl a gwych?

Gallai cymdeithas ychydig yn fwy maddeugar helpu mamau sy'n cael trafferth creu cwlwm. Wrth gwrs bod babanod newydd-anedig yn wyrthiau. Ond maen nhw hefyd yn hynod o heriol. Ac mae'n anodd caru rhywun sydd fel pe bai'n gwneud dim byd ond cymryd oddi wrthych chi, yn enwedig pan fyddwch chi'n delio â diffyg cwsg a'r tarfu cyffredinol sy'n dod yn sgil babi newydd – yn enwedig babi cyntaf.

Non

Fe gafodd fy merch ei geni'n rhy gyflym, mewn pedair awr a hanner, ac fe wnes i ddioddef rhwyg gwael. Roedd angen episiotomi arna i hefyd, ac fe wnes i golli gormod o waed. Fe ges i fy rhyddhau o'r ysbyty ddau ddiwrnod yn ddiweddarach, heb wirio fy lefelau haemoglobin (wnaeth neb sôn wrtha i am hyn). Ar ôl mynd adre, roeddwn i'n baglu dros fy ngeiriau – roeddwn i'n gwneud perffaith synnwyr i fi fy hun ond ddim i neb arall. Roeddwn i'n teimlo'n wan ac yn feddw. Pan ddaeth y meddyg teulu mas i gael golwg arna i a'r babi ychydig ddyddiau'n ddiweddarach, fe wnaeth hi fy anfon i'n syth yn ôl i'r ysbyty, yn dioddef anaemia gwael ar ôl colli cymaint o waed. Fe fu'n rhaid i fi gael trallwysiad, pedwar peint o waed. Roedd fy rhieni yn gefnogol, er na allai fy nhad ddeall pam na fedrwn i greu cwlwm gyda fy merch, ac roedd fy ngŵr yn wych. Dwi'n credu mai'r sioc o gael trallwysiad gwaed a'r sioc o fod yn ddi-glem ynghylch beth i'w wneud gyda'r babi, y methiant yna i greu cwlwm gyda hi, achosodd yr iselder ôl-enedigol. Doeddwn i ddim wir wedi clywed am y cyflwr naw mlynedd yn ôl, a wnaeth neb wir sôn wrtha i am y peth.

A fydd fy methiant i greu cwlwm yn niweidio fy mabi?

Mae diffyg 'ymlyniad mamol' wedi cael ei gysylltu â phopeth o iselder i gamblo, o ymddygiad caethiwus i anhwylderau bwyta. Ond mae gwaith ymchwil yn y maes hwn nid yn unig yn gyfyngedig; mae'n waith ymchwil anodd iawn i'w gyflawni. Mae'r rhan fwyaf o astudiaethau yn dibynnu ar holiaduron am blentyndod y sawl sy'n cael ei gyfweld. Yn naturiol, mae digon i le i wallau yma. Felly yr ateb gonest fyddai, unwaith eto, nad ydyn ni'n gwybod. Yn sicr, bydd ymddygiad rhiant yn effeithio ar ymddygiad plentyn. Ond mae'n amhosib rhagweld sut bydd problemau creu cwlwm yn effeithio ar fabi yn y tymor hir. (Mae'n werth nodi'r ddamcaniaeth ffeministaidd hefyd – mai cysyniad gwrywaidd yw ymlyniad mamol, neu ddiffyg ymlyniad mamol – bygythiad i fenywod, ffordd gyfleus o feio mamau am holl ffaeleddau tebygol eu plant. Mae hon yn farn ddigon eithafol, ond pan fyddwch chi'n darllen am famau yn cael eu beio am bopeth o ordewdra i ddiweithdra, mae'n ddigon hawdd cydymdeimlo.)

Ond dim ond un ffactor yn natblygiad plentyn yw ymlyniad, neu ddiffyg ymlyniad. Mae'n ddiddorol nodi canlyniadau cyfredol astudiaeth unigryw Syr Michael Rutter, a thîm astudio plant mabwysiedig Lloegr a Rwmania, o iechyd meddwl plant amddifad o Rwmania a fabwysiadwyd gan deuluoedd yn y gorllewin yn dilyn cwymp Ceauşescu ym 1989. Roedd y rhan fwyaf o'r plant hyn wedi cael eu canfod mewn amodau eithafol ac erchyll a fyddai wedi eu creithio am oes, yn ôl pob tebyg. Doedd ganddyn nhw ddim profiad o ymlyniad rhieni neu ofalwr o fath yn y byd. Fodd bynnag, hyd yn hyn, mae'n ymddangos bod y rhan fwyaf ohonyn nhw wedi ymaddasu'n gymharol dda.

Brifo neu esgeuluso eich babi

Mewn achosion eithafol, mae'n bosib y byddwch chi'n teimlo'r awydd i frifo'ch babi neu feddwl na allwch chi ofalu amdano. Mae hyn yn brin, ond mae'n gallu digwydd. Os mai dyna'r sefyllfa, mae angen i chi ofyn am gymorth brys gan eich meddyg teulu, bydwraig, ymwelydd iechyd neu unrhyw weithiwr iechyd proffesiynol arall. Os na allwch chi gysylltu ag unrhyw un, ewch i'r ysbyty. Mae angen i chi a'ch babi gael help proffesiynol cyn gynted â phosib.

4

Materion teuluol

Fel y rhan fwyaf o oedolion di-blant yn eu tridegau, doeddwn i ddim yn gweld fy rhieni neu fy rhieni-yng-nghyfraith rhyw lawer cyn i fi gael fy mab. Wrth gwrs, roedd pawb yn ymgynnull bob yn hyn a hyn yn ystod y flwyddyn ac yn cyd-dynnu'n dda iawn. Ond roedden ni'n gweld llawer mwy o'n ffrindiau nag o'n teulu.

Wrth gwrs, ar ôl i fy mab gael ei eni (yn wir, cyn iddo gael ei eni), fe newidiodd hynny. Yn sydyn, fe sylweddolon ni fod gennym ni gyfrifoldeb i neiniau a theidiau ein mab. Doedd dim modd i ni ddweud wrthyn nhw ein bod ni'n rhy brysur i'w gweld nhw am fisoedd, fel roedden ni'n arfer ei wneud. Roedd yn rhaid i ni wneud amser iddyn nhw i ddod i adnabod eu hŵyr: a doedd hynny ddim yn hawdd, o gofio bod y ddwy set o rieni yn byw dros 150 milltir i ffwrdd.

Roedden ni'n lwcus bod ein rhieni ni'n dau yn gefnogol ac yn barod i helpu. Ond dydy llawer o bobl ddim mor ffodus. Ewch i unrhyw wefan magu plant ac fe welwch chi straeon di-ben-draw, am famau yn enwedig, sy'n ystyried bod eu mam-yng-nghyfraith yn ymyrryd yn ddi-ball â magwraeth yr ŵyr neu wyres fach newydd. Weithiau mae'n ddoniol, ond gall anghydweld o'r fath achosi loes go iawn i'r naill ochr a'r llall. Felly gall deall ychydig mwy am yr hyn sy'n digwydd yn eich teulu estynedig ei gwneud hi'n haws atal gwrthdaro posib cyn iddo ddechrau.

Carys

Dwi wastad wedi bod yn agos iawn i 'nheulu a theulu fy ngŵr. Dwi'n 'nabod fy ngŵr ers pan oedden ni'n dau yn 15, felly mae ei deulu o wir fel 'teulu' i fi! Dwi'n dod ymlaen yn dda efo'i frodyr a'u gwragedd, ac yn meddwl amdanyn nhw fel ffrindiau yn ogystal â theulu. Cyn cael plant, mi oeddwn i'n gweithio i fy rhieni. Roedd y berthynas deuluol a'r berthynas waith yn dda, a dwi'n ystyried fy chwaer yn ffrind gorau.

Yn ystod fy meichiogrwydd cyntaf, mi fu'n rhaid i fi fynd i'r ysbyty efo gwaedu trwm ar ôl 24 wythnos, ac mi oedd hynny'n digwydd yn ysbeidiol nes iddyn nhw benderfynu prysuro'r esgor ar ôl 38 wythnos. Wnaeth hynny ddim gweithio, a phen draw pethau oedd cael toriad Cesaraidd brys.

Roedd fy ngŵr i ffwrdd y tro cyntaf i fi orfod mynd i'r ysbyty, felly fy chwaer aeth â fi – mi oedd hi'n wych. Mi oedd fy rhieni'n anhygoel hefyd – doedden nhw ddim yn fodlon i fi ddychwelyd i'r gwaith, ac mi oedden nhw'n gefn cyson i fi. Roedd teulu'r gŵr yn iawn, er nad oedden nhw'n llawn ddeall difrifoldeb y sefyllfa. Doedden nhw ddim yn gallu deall pam na allwn i fynd i briodas deuluol 200 milltir i ffwrdd a finnau newydd dreulio wythnos yn yr ysbyty! Ond mi wnaeth yr holl brofiad ddod â fi a fy ngŵr yn llawer iawn nes. Mi oedd o'n angor i fi, yn enwedig pan oeddwn i yn yr ysbyty am y deg diwrnod cyntaf, dyddiau anodd iawn.

Popeth yn newid

Mae'n gwneud perffaith synnwyr y gall eich perthynas â'ch teulu newid ar ôl i chi gael babi. Rydych chi bellach wedi creu eich teulu eich hun. Rydych chi hefyd wedi creu aelod newydd o'ch teulu estynedig, ac mae rolau pawb wedi newid. Rydych chi wedi mynd o fod yn chwaer a/neu ferch i fod yn fam. Mae eich mam eich hun bellach yn nain. Mae eich chwiorydd a'ch brodyr yn fodrybedd ac ewythrod. Fe fydd yr un rolau newydd gan deulu eich partner hefyd. Os yw eich rhieni neu rieni-yng-nghyfraith wedi ysgaru ac ailbriodi, fe fydd mwy fyth o neiniau a theidiau.

Mae disgwyliadau a chyfrifoldebau newydd ynghlwm wrth bob un o'r rolau hyn. Fe fydd gan ddeiliaid pob un o'r rolau newydd hyn eu syniadau eu hunain am y rhan maen nhw eisiau ei chwarae ym mywyd eich babi newydd, ac efallai na fydd hynny'n cyd-fynd â'ch syniadau chi.

Amser i'r teulu

I lawer o fenywod, mae ymyrraeth deuluol yn dechrau ymhell cyn i'r babi gael ei eni. Mae'n rhaid i ni ddod i arfer â phobl yn gwneud sylwadau ar faint ein bwmp, beth rydyn ni'n ei fwyta neu'n ei yfed, ein barn ar fagu plant a'n cynlluniau ar gyfer y geni hyd yn oed. Bydd hi'n amhosib i chi ragweld beth ddaw nesaf. Pan glywodd fy mam-yng-nghyfraith ein bod ni wedi prynu cadair wthio ychydig fisoedd cyn i fy mab gael ei eni, roedd hi wedi arswydo. 'Allwch chi mo'i chadw hi yn y tŷ, mae'n anlwcus!' meddai'n syfrdan. Fe wnaethon ni dynnu sylw at y ffaith nad oedd gennym ni unman arall i'w chadw hi. (Hyd yn hyn, dydyn ni heb sylwi ar unrhyw ddigwyddiadau erchyll y gellid eu priodoli i'r ffaith ein bod ni wedi prynu cadair wthio yn gynnar.)

Unwaith y bydd y babi wedi'i eni, bydd aelodau'r teulu yn glanio o bob cyfeiriad. Mae gen i gof byw o geisio diddanu fy rhieni-yng-nghyfraith ar ôl genedigaeth anodd a noson gyntaf yn yr ysbyty. Os edrychwch chi'n ofalus ar y lluniau niferus wnaethon nhw eu tynnu, bron na allwch chi weld yr ysgyrnygu o dan fy ngwên.

Mae'n ddigon anodd ymdopi â'ch teulu estynedig yn syth ar ôl geni os yw pawb yn cyd-dynnu. Fe fyddwch chi wedi blino'n lân, yn teimlo braidd yn ddiymadferth a di-drefn, ac mae'n debyg mai'r cyfan y bydd arnoch chi ei eisiau yw llonydd i ddod i 'nabod eich babi newydd. Ond os nad ydych chi'n cyd-dynnu â'ch teulu, gall gwrthdaro teuluol droi'n faen melin go iawn.

Gwenith

Roeddwn i wedi bod gartref o'r ysbyty am ryw wythnos pan soniodd tri aelod gwahanol o 'nheulu nad oedden nhw'n hoffi'r enw roedden ni wedi'i ddewis. Doedd gen i ddim syniad y gallai enw babi achosi problemau. Roeddwn i'n meddwl y byddai pobl yn dweud 'gwych' neu 'am enw hyfryd' hyd yn oed os nad oedden nhw'n ei hoffi. A dweud y gwir, wnes i ddim meddwl llawer am bobl eraill yn hoffi'r enw ai peidio, felly roedd y cyfan yn dipyn o sioc. Er fy mod i'n ddryslyd ar y pryd, dwi'n meddwl bellach eu bod nhw wedi bod yn anghwrtais iawn.

Roedd fy nheulu (sy'n Wyddelod) yn meddwl bod yr enw roedden ni wedi'i ddewis yn Seisnig iawn, felly roeddwn i'n 'fradwr' am roi'r fath enw arno fe. Ar ben hynny, fe ges i wybod y byddai'n destun sbort ac yn cael ei bryfocio oherwydd ei enw pe bawn i byth yn symud yn ôl i Iwerddon i fyw. Dydy fy nheulu ddim yn eithriadol o hiliol, dim ond hen ffasiwn, dwi'n meddwl. Dwi'n gwybod y bydd rhai'n meddwl bod y busnes enw yma'n gwneud môr a mynydd o'r sefyllfa, ond roedd eu hagwedd nhw'n bwysig i fi. Roeddwn i hefyd yn poeni y byddai fy mab yn cael ei bryfocio neu ddim yn cael ei dderbyn.

Ar y pryd, roeddwn i'n meddwl y dylwn newid ei enw i blesio fy nheulu. Fe achosodd hynny densiwn gyda fy mhartner, ac roeddwn i mewn penbleth – heb sôn am fod yn ceisio gwella ar ôl yr enedigaeth, delio â nosweithiau di-gwsg a phopeth arall sy'n gysylltiedig â magu babi newydd. Fe wnaeth i fi deimlo'n fwy dryslyd fyth ar adeg hynod o sensitif.

Yn y pen draw, fe wnes i drafod y mater gyda seicolegydd yr oeddwn i wedi bod yn ei gweld rai blynyddoedd ynghynt. Gyda'i help hi, fe wnes i benderfynu y dylai'r babi gadw'r enw roedden ni wedi'i ddewis ar ei gyfer ac nad oedden ni'n mynd i'w newid. Fe wnes i ddweud hynny wrth fy mhartner, a dydw i erioed wedi difaru'r peth (naw wfft i deimladau fy mam a fy nau frawd). Fe wnaeth fy mhartner fy ngadael i ar fy mhen fy hun am ychydig oriau un diwrnod i benderfynu – ar ôl iddo adael fe wnes i ffonio'r seicolegydd. Pan ddaeth yn ôl, roeddwn i'n teimlo fy mod i'n glir fy meddwl am y peth, gyda chymorth a sicrwydd y seicolegydd. Mae popeth yn iawn nawr, a hyd yn oed os nad ydyn nhw'n hoffi'r enw, does dim ots gen i a fydd e ddim yn cael ei newid. Does dim chwalfa deuluol fawr wedi digwydd hyd yma, ac mae 'nheulu yn ymddangos wrth eu bodd gyda'r babi, ond roedd e'n beth mor ofnadwy i'w wneud – er mai gwneud hynny'n ddifeddwl wnaethon nhw, mae'n debyg.

Arddulliau magu plant

Hanner can mlynedd yn ôl, roedd bwydo llaeth fformiwla yn cael ei argymell, babanod yn cysgu ar eu boliau fel mater o drefn, fe fyddai diddyfnu yn dechrau pan oeddech chi'n gallu stwffio bisgedi wedi'u socian mewn te i geg eich babi, a hyfforddiant ar y poti yn dechrau cyn gynted â phosib er mwyn osgoi cannu a golchi cewynnau diddiwedd. Does dim angen athrylith i weld faint mae pethau wedi newid, a bydd yr holl gyngor rydyn ni'n ei ddilyn yn wasaidd yn debygol o fod wedi newid erbyn i ni ddod yn neiniau ein hunain.

Un o'r cwynion mwyaf cyffredin gan famau newydd yw bod eu mamau neu eu mamau-yng-nghyfraith yn ymyrryd. Maen nhw'n beirniadu eich dull o fagu plant. Dydyn nhw ddim yn gallu deall pam eich bod chi'n dewis bwydo ar y fron, neu'n cysgu yn yr un ystafell neu yn yr un gwely â'ch babi. Wedi'r cyfan, fel y byddan nhw mor barod i ddweud ar goedd, rydych chi wedi troi allan yn iawn heb yr holl nonsens bwydo ar y fron neu'r holl nonsens cyd-gysgu neu'r holl nonsens diddyfnu graddol – felly pam yn y byd ydych chi'n poeni?

Mae'r feirniadaeth hon yn cael dwy effaith: yn gyntaf, rydych chi'n teimlo'n ddig bod rhywun arall yn teimlo eu bod nhw'n gwybod yn well na chi, y fam; yn ail, rydych chi'n poeni'n dawel bach nad ydych chi'n gwneud y peth iawn efallai. Prin iawn yw'r mamau tro cyntaf sy'n gwbl hyderus yn eu sgiliau magu plant – fe fyddai'n wyrthiol be bai hynny'n digwydd. Mae'n well gennym ni glywed ein bod ni'n gwneud popeth yn iawn.

Gall geiriau neiniau gael effaith enfawr ar famau ifanc heb fawr o brofiad o fabanod. Cafodd astudiaeth ddiddorol iawn ei chynnal ym Mrasil i edrych ar ddylanwad neiniau ar fwydo ar y fron. Gwelwyd bod cysylltiad sylweddol rhwng mamau a oedd yn rhoi'r gorau i fwydo ar y fron yn ystod y mis cyntaf a chyngor gan neiniau ar ochr y fam neu'r tad i roi dŵr, te neu laeth arall i'r babi.

Sut i ddelio â beirniadu

Does neb yn hoffi cael ei feirniadu, ond mae'n arbennig o anodd i fam newydd ddelio â hynny. Pan fyddwch chi newydd gael babi, rydych chi ar eich mwyaf bregus. Mae eich hormonau ar chwâl i gyd. Rydych chi'n gorfod addasu i ffordd hollol newydd o fyw a dysgu sgiliau newydd ac anodd fel bwydo ar y fron, a hynny pan fyddwch chi'n dioddef o ddiffyg cwsg a sgileffeithiau corfforol posib ar ôl yr enedigaeth. Felly, mae beirniadaeth neu sylwadau y byddech chi wedi eu diystyru yn y gorffennol yn llawer mwy tebygol o frifo. Bydd yr hyn rydych chi'n penderfynu ei wneud yn dibynnu ar bob math o wahanol bethau – eich sefyllfa deuluol, eich personoliaeth, a pha mor aml rydych chi'n gweld y person sy'n eich beirniadu.

Os yw'r feirniadaeth yn digwydd yn ystod y misoedd cyntaf, fe allech chi ystyried aros nes bod pethau wedi setlo ychydig cyn penderfynu beth rydych chi am ei wneud am y peth. Mae hyn yn golygu cau eich ceg, derbyn y cyfan cyn gollwng stêm wrth eich partner yn nes ymlaen, ond fe allai arbed cryn dipyn o wrthdaro.

Os yw'r feirniadaeth yn dal i ddod, mae'n bryd i chi ystyried y ffordd orau i ddelio â hynny. Gwnewch yn siŵr eich bod chi'n siarad â'ch partner cyn penderfynu ar gynllun. Pwysleisiwch wrthyn nhw nad ydych chi'n credu eich bod chi'n gorymateb. Peidiwch â chynhyrfu wrth siarad â nhw na'u sarhau'n bersonol, yn enwedig os mai eich mam-yng-nghyfraith yw'r drwg yn y caws. Ceisiwch benderfynu beth i'w wneud gyda'ch gilydd. A fyddai'n bosib eistedd i lawr gyda'r unigolyn dan sylw ac esbonio'n dawel eich bod chi'n mynd i wneud pethau eich ffordd eich hun, ac nad yw'r feirniadaeth yn helpu? A fyddai hynny'n helpu'r sefyllfa neu yn ei gwaethygu? Unwaith eto, mae angen osgoi mynd yn rhy emosiynol. Syniad gwerth chweil efallai fyddai gwneud nodyn ysgrifenedig o beth yn union rydych chi am ei ddweud ymlaen llaw a cheisio cael y sgwrs mewn sefyllfa heb straen. (Afraid dweud nad yw'n syniad da cael y sgwrs wrth y bwrdd bwyd, yn ystod cinio teuluol.)

Rwth

Yn fy ugeiniau, roedd gen i berthynas anodd gyda fy mam. Erbyn i fi gael fy mhlentyn cyntaf yn 33, roedd fy mam yn 72, ac er na wnaeth pethau newid dros nos, fe wnaeth ein perthynas wella'n raddol. Dwi'n credu ei bod hi'n meirioli wrth heneiddio ac yn derbyn fy mod i'n oedolyn. Roedd gen i lawer mwy o gydymdeimlad ati hi, oherwydd fy mod i bellach yn fam fy hun ac o bosib yn fwy parod i faddau iddi am ei bod hi'n hŷn. Pan fydda i'n clywed am berthnasoedd anodd rhwng mamau, mamau-yng-nghyfraith a merched, dwi'n sylweddoli pa mor lwcus ydw i. Mae'r cyfnod rhwng beichiogi hyd at flwyddyn ar ôl geni babi yn un anodd, serch hynny. Mae'r genhedlaeth hŷn eisiau cael ei hystyried yn awdurdod ar y pwnc, ac mae'r fam newydd yn gweld bod pethau wedi symud ymlaen mewn rhai ffyrdd. Fe wnaeth fy mam a fy mam-yng-nghyfraith fy hala i'n grac wrth ddweud ambell beth yn y blynyddoedd cyntaf ar ôl y geni – ond mae'r cyfan yn angof nawr. Doeddwn i ddim yn byw gyda nhw, nac yn agos at y naill na'r llall, felly doedd dim angen i fi dderbyn eu cyngor, a doedd ganddyn nhw ddim ffordd o roi unrhyw bwysau arna i i wneud pethau fel y mynnen nhw. Os nad yw mam newydd yn byw gyda'i rhieni neu ei theulu-yng-nghyfraith, does dim rhaid iddi dderbyn unrhyw gyngor maen nhw'n ei rhoi iddi. Dwi'n cofio Mam yn fy ngalw'n 'styfnig' pan wnes i wrthod rhoi potel i'r babi. Yn y pen draw, mae'n rhaid i chi wneud eich penderfyniadau eich hun am bethau (tyfu lan maen nhw'n ei alw e!) a deall bod rhywun yn siŵr o'ch beirniadu chi waeth beth wnewch chi. Mae'n rhaid i chi ddisgwyl ychydig o feirniadaeth.

Alys

Mi ddechreuodd y drafferth efo fy mam-yng-nghyfraith pan oeddwn i'n disgwyl fy mab cyntaf. Nid dyma'r tro cyntaf iddi fod yn nain – roedd yna dri o wyrion ganddi'n barod. Ond mi oedd hi wedi cyffroi'n ormodol am y babi. Mi oedd hi'n cynllunio popeth ac yn prynu pob dim roedd hi'n meddwl fydde arnon ni ei angen. Wnaeth hi ddim galw a gofyn beth fydden ni'n licio'i gael, dim ond rhoi gwybod i ni beth fydde arnon ni ei angen. Mi oedd hynny'n cynnwys dillad gwely pinc (gan ei bod hi'n mynnu mai wyres oedd ar y ffordd, er bod y sgan yn awgrymu mab), ffrogiau, cadair wthio ar gyfer babi dros chwe mis (er nad ydw i'n gyrru ac y byddai angen un ar gyfer babi newydd-anedig), sedd car ar gyfer plentyn naw mis a hŷn (gan nad oedd angen sedd car ar fabis, ac y byddai'n iawn ar y sedd gefn mewn basged Moses fel oedd yn digwydd pan oedd hi'n fam ifanc), poteli (er i fi ddweud yn glir 'mod i'n mynd i fwydo ar y fron) a hyd yn oed ambell becyn o gewynnau maint pump (sy'n handi iawn nawr gan ei fod o'n ddwyflwydd oed erbyn hyn).

Yn ei chyffro, roedd hi hefyd wedi llunio cynllun geni a phenderfynu ei bod hi'n mynd i fod yn bartner geni i fi (dim ond ar ôl i fi ddarganfod fy mod i'n feichiog yr oeddwn i wedi cyfarfod y ddynes yma, gan fod ei mab a finnau wedi cyfarfod wrth deithio yn yr Unol Daleithiau). Mi oedd hi wedi ypsetio'n arw pan wnes i ddweud wrthi mai ei mab fyddai fy mhartner geni i. Mi wnaeth hi hyd yn oed ddweud bod yr enedigaeth yn bwysicach iddi hi nag i ni.

Ar ôl i fi gael y babi, ond yn dal yn yr ysbyty, mi yrrodd fy ngŵr neges destun yn dweud wrth bawb am y babi ac yn gofyn iddyn nhw beidio â dod i'r ysbyty y diwrnod hwnnw, gan fod yr esgor wedi cymryd 33 awr a finnau wedi cael amser caled. Mi oedd hi'n benwan. Mi oeddwn i yn yr ysbyty am 48 awr ar ôl cael y babi, felly mi ddaeth yna ymwelwyr drannoeth. Hi oedd yr ymwelydd cyntaf. I mewn â hi, gafael yn y babi a'i gario allan o'r stafell i'r cyntedd. Wedyn, ar ôl i ni gyrraedd adref, mi yrrodd fy ngŵr neges destun arall at bawb yn gofyn iddyn nhw ffonio cyn galw i weld y babi, rhag ofn ein bod ni'n dau yn cysgu. Mi ymatebodd ei fam drwy ddweud 'mod i'n ei gorfodi i wneud apwyntiad er mwyn gweld ei hŵyr ei hun. Mi oedd hi'n trin popeth fel arwydd 'mod i'n trio ei gwrthod hi.

Wedyn mi ddaeth yna berthnasau i fi oedd yn byw dramor draw i weld y babi. Mi wnaethon nhw aros yn ein tŷ ni, ac mi ypsetiodd eto pan oedden nhw yno yn ystod ei hamser hi efo'r babi. Pen draw pethau oedd i'r gŵr gael ffrae efo'i fam am y ffordd roedd hi'n fy nhrin i a'r babi. Mi wnaeth hi wrthod siarad efo fo. Y peth nesa', doedd yna neb o'i deulu'n siarad efo fo, ac yn dweud wrtho fo am roi ei deulu o fy mlaen i, mynd â'r babi a 'ngyrru i nôl dramor. Roeddwn i'n dal i fynd â fy mab draw i'w gweld nhw, er eu bod nhw'n feirniadol am bob dim y byddwn i'n ei wneud, fel bwydo ar y fron pan oedd o dros fis oed, a pheidio â rhoi siocled iddo ar unwaith. Yn y pen draw, pan oedd fy mab yn ddeufis a hanner, dyma nhw'n dweud nad oedden nhw eisiau ei weld os mai fi oedd yn dod ag o heibio. Rydyn ni wedi bod yn eu hosgoi nhw ers hynny (rydyn ni'n byw yn yr un dref), ac maen nhw'n cega bob tro dwi'n digwydd eu gweld nhw.

Mae fy ngŵr wedi bod yn dda iawn drwy'r cyfan, ond dydy hi ddim yn sefyllfa hawdd iddo fo. Dwi'n teimlo'n wael fod pethau wedi mynd mor bell, ond dwi'n cael yr argraff fod pethau wedi mynd ymlaen am rhy hir nawr i'w datrys nhw. Rydyn ni wedi trio cysylltu efo fy nheulu-yng-nghyfraith er mwyn ein mab. Serch hynny, yr hyn sydd wedi dod i'r amlwg yn sgil hyn i gyd yw nad yw rhai o berthnasau'r gŵr mo'r bobl orau i'w cael ym mywyd ein plentyn.

Calon sy'n suddo wrth feddwl am weld eich rhieni

Os cawsoch chi blentyndod camdriniol – neu blentyndod anodd hyd yn oed – gall cael babi ddwyn pob math o broblemau i'r cof, a chithau'n meddwl eich bod chi wedi gallu eu hanghofio nhw. Un o'r rhain yw meddwl am weld eich rhieni eto. Mae'n llawer haws eu hosgoi nhw pan nad oes gennych chi blant. Pan gewch chi eich babi cyntaf, mae'n bosib y byddwch chi'n teimlo rheidrwydd i gynnwys eich rhieni, waeth faint rydych chi'n eu hofni nhw neu'n dal dig yn eu herbyn nhw. Mae hyn yn faich ychwanegol o bryder ar adeg pan mai'r peth olaf sydd ei angen arnoch yw unrhyw bwysau ychwanegol. Mae menywod a gafodd eu cam-drin, yn enwedig eu cam-drin yn rhywiol, yn ystod eu plentyndod yn fwy tebygol o ddioddef iselder. Er bod ymchwil yn y maes hwn yn gyfyngedig, mae rhai astudiaethau yn awgrymu eu bod nhw hefyd yn llai abl i sefydlu ffiniau cenedlaethau gyda'u plant ac yn debygol o ddefnyddio cosb gorfforol yn amlach i ddisgyblu eu plant. Os ydych chi'n teimlo bod rhywbeth yn eich plentyndod yn eich rhwystro chi rhag bod y fam orau allwch chi, byddai'n werth i chi ystyried holi am help.

Rydyn ni 'i fod' i garu ein rhieni, ac mae'r rhan fwyaf ohonom yn eu caru nhw. Ond dydy methu caru rhiant sydd wedi'ch cam-drin chi ddim yn drosedd, yn enwedig â chithau yn gorfod ystyried eich plentyn eich hun bellach. Mae'n bosib na fyddwch chi eisiau unrhyw fath o gyswllt â'ch rhieni oherwydd eich awydd i warchod eich plentyn rhagddyn nhw. Chi sydd i benderfynu a ydych am ddal ati i weld rhiant na allwch chi ei ddioddef er mwyn cynnal perthynas deuluol, a chi hefyd sydd i benderfynu a ydych am dorri'r rhiant hwnnw allan o'ch bywyd yn gyfan gwbl. Dydy perthnasoedd o'r fath byth yn syml, ac yn anffodus, dydy'r atebion ddim yn syml chwaith. Dyma rai pethau i'w hystyried:

- Ceisiwch gymryd rheolaeth o'r berthynas. Rydych chi'n oedolyn bellach – fe allwch chi wneud hyn. Os ydych chi wedi cytuno i gyfarfod â'ch rhieni, gwnewch hynny mewn lle o'ch dewis chi ac ar adeg gyfleus i chi, a chyfyngwch ar faint o amser rydych chi'n ei dreulio gyda'ch gilydd. Gwnewch yn siŵr bod eich partner yno, a'i fod yn gefnogol.
- Cofiwch, er gwaetha'r farn boblogaidd, dydych chi ddim yn mynd i fod yr un peth â'ch mam neu eich tad. Chi ydych chi. Mae astudiaethau wedi dangos bod llawer o famau o deuluoedd camdriniol yn famau gwych eu hunain, weithiau oherwydd eu bod nhw mor benderfynol o fod yn well na'u rhieni eu hunain.
- Gall fod yn werth chweil i chi edrych ar dechnegau therapi gwybyddol ymddygiadol i'ch helpu i ddelio â rhiant anodd. Bydd y technegau yma yn eich helpu i ddatblygu ffyrdd o ddelio â meddylfryd mynych trafferthus a mabwysiadu agwedd fwy cadarnhaol tuag atoch chi'ch hun.
- Mae'r daith o fod yn blentyn sy'n cael ei gam-drin i fod yn rhiant cytbwys yn un hir ac anodd, ac mae'n bosib y byddwch chi eisiau dysgu mwy am yr opsiynau a'r gwahanol dechnegau ar gyfer delio â'ch gorffennol. Argymhellir rhestr o lyfrau yn yr adran 'Darllen pellach'.
- Os yw'n anodd iawn, mae'n bwysig i chi gofio nad oes rhaid i chi weld eich rhieni o gwbl os nad ydych chi eisiau gwneud hynny, neu os ydych chi'n teimlo mai dyna fyddai orau er eich lles chi a lles eich babi. Peidiwch â theimlo pwysau disgwyliadau cymdeithasol – gwnewch beth sydd orau i chi a'ch teulu newydd.

Liwsi

Yr hyn sydd wedi fy nigalonni i fwyaf ers cael ein merch ydy sylweddoli nad oedd fy mhlentyndod i'n amser hapus. Dwi'n teimlo'n ddiolchgar i fy merch, gan mai hi a'm sbardunodd i chwilio am gwnselydd a delio efo pethau oedd wedi bod yn tarfu arna i ers tro byd a finnau wedi trio eu rhoi nhw o'r neilltu. Mae'r broses yn un boenus, a dwi'n dal i fynd drwyddi, ond dwi'n falch 'mod i'n gwneud hynny. Dwi'n dod i ddeall pethau ac mae hynny'n fy ngwneud i'n fam well, achos dwi'n deall sut yn union dwi eisiau magu plant, sy'n hollol wahanol i'r ffordd ges i fy magu.

Calendr cymdeithasol eich babi

Mae rhieni ffrind i fi wedi ysgaru ac mae'r ddau wedi ailbriodi. Mae fy ffrind yn briod â dyn y mae ei rieni yntau hefyd wedi ysgaru ac wedi ailbriodi. O ganlyniad, mae gan ei babi hi bedair set o neiniau a theidiau, a phob un ohonyn nhw eisiau bod yn bresennol ar gyfer Nadolig cyntaf y babi. Maen nhw'n byw tua 500 milltir oddi wrth ei gilydd.

Dydy sefyllfa fy ffrind ddim yn un anarferol. Mae'n gyffredin bellach i ni fod yn byw gannoedd o filltiroedd i ffwrdd o'n rhieni, ac mae teuluoedd sydd ddim yn deuluoedd cnewyllol yr un mor gyffredin. Ond mae problemau newydd yn codi pan fydd babi yn cyrraedd y byd, sef pwy sy'n gweld y babi pryd, a pha mor aml? Er enghraifft, gall eich teulu-yng-nghyfraith a'ch rhieni eich hun fod yn euog o dybio y gallan nhw alw fel y mynnon nhw nawr fod yna fabi ar eich aelwyd. Gall yr argraff eich bod chi'n treulio mwy o amser gydag un nain a thaid na'r ddau arall hefyd achosi gwrthdaro; yn yr un modd, mynd ar wyliau gydag un cwpl ond ddim y llall.

Unwaith eto, mae angen cryn dipyn o ddoethineb arnoch, ac fe fyddai sgiliau trefnu cynorthwyydd gweithredol dawnus yn help hefyd. Dyma rai syniadau i'ch helpu i gadw'r ddysgl yn wastad:

- Gwnewch bethau am yn ail. Os ydych chi'n treulio achlysur arbennig neu wyliau crefyddol gyda'ch teulu-yng-nghyfraith un flwyddyn a gyda'ch rhieni chi y tro nesaf, fe fyddai angen nain neu daid go surbwch i'ch cyhuddo chi o annhegwch neu ffafriaeth. Mae'r un peth yn wir am ben-blwyddi.
- Dewch â'r ddwy ochr at ei gilydd. Os ydych chi'n meddwl y bydden nhw'n cyd-dynnu, gwahoddwch nhw draw ar yr un pryd.

- Cymerwch amser i ffwrdd i fod gyda'ch gilydd fel teulu. Does dim byd o gwbl o'i le ar ddweud eich bod chi eisiau treulio penwythnos heb neiniau a theidiau o gwbl.
- Peidiwch â phlygu i ofynion afresymol. Mae gennych chi'ch bywyd eich hun, eich ffrindiau, eich gwaith o bosib, a'ch babi. Mae eich amser yn werthfawr iawn, ac mae'n bwysig i chi fod yn rhywbeth heblaw mam bob yn hyn a hyn.
- Derbyniwch gynigion o help, ond peidiwch â chymryd yn ganiataol y bydd neiniau a theidiau bob amser o gwmpas i warchod y babi. Mae'n bosib eu bod nhw newydd ffarwelio â byd gwaith neu fywyd o fagu teulu, a'u bod yn awyddus i fwynhau eu rhyddid newydd.
- Er y gall cael teulu estynedig o gwmpas ymddangos yn drafferthus, cofiwch y gallan nhw fod yn dda i'ch babi ac yn dda i chi. Mae perthnasau yn ffordd o gael help ac 'amser rhydd' i chi, maen nhw'n ofalwyr amgen gwych i'ch babi, ac mae ganddyn nhw'r fantais amhrisiadwy o fod yn 'deulu' – ar eu gorau, pobl y gallwch chi ymddiried ynddyn nhw a dibynnu arnyn nhw.

Catrin

Fe wnes i'n bendant glosio at fy mam ar ôl cael fy mhlentyn cyntaf. Mae Mam a fi'n eithaf gwahanol, ond ar ôl i fi ddod yn fam, o'r diwedd roedd 'da ni rywbeth yn gyffredin. Mae delio â fy mhlant fy hun hefyd wedi gwneud i fi werthfawrogi pa mor anodd yw bod yn rhiant, ac mae e wedi rhoi dealltwriaeth newydd i fi am fy mhlentyndod i fy hun a dull fy mam o fagu plant. Dwi'n gallu gweld nawr pa mor galed oedd hi'n gweithio, a'i bod hi'n gwneud ei gorau, ond roeddwn i'n cymryd y cyfan yn ganiataol ar y pryd. Dwi hefyd wedi gweld bod rhai o'r pethau sy'n fy ngwneud i'n fwyaf balch fel mam yn bethau y gwnes i eu dysgu gan fy mam. Mae cael plentyn wedi newid ein perthynas yn sylweddol, er gwell.

5

Tra bo tri: perthynas newydd â'ch partner

Ar gyfer y rhan fwyaf o'r bennod hon, ar y cyfan, dwi'n mynd i dybio mai dyn yw eich partner. Mae'n ddigon posib bod llawer o'r hyn rydyn ni'n ei drafod yma yn berthnasol i bartneriaid benywaidd neu gyd-famau hefyd. Ond mae profiadau pob rhiant yn wahanol, ac ychydig iawn o waith ymchwil sydd wedi ei wneud ar yr heriau penodol sy'n cael eu hwynebu gan gyd-famau.

Fe ges i fy mheledu â gwybodaeth a chyngor yn ystod fy meichiogrwydd. Roedd taflenni a llyfrau ar bob agwedd ar yr enedigaeth a bod yn fam yn bentwr wrth ymyl fy ngwely. Fe wnes i dreulio oriau ar fforymau mamau yn gofyn am bob dim dan haul, o fanteision geni gartref i effaith amgylcheddol cewynnau tafladwy. Yn y cyfamser, gafaelodd fy ngŵr mewn un cylchgrawn sgleiniog 14 tudalen wrth aros i fi ddod allan o'r tŷ bach yn ystod apwyntiad cyn-geni. Dyma'r cyfan o gyngor gafodd e. Roedd y cylchgrawn yn cynnig perlau o ddoethineb i ddarpar dadau, gan gynnwys sylwadau chwaraewyr pêl-droed blaenllaw am eu babanod ('Roedd e'n anhygoel, yn wirioneddol anhygoel') ynghyd â chyngor am beidio â mynd i'r dafarn yn rhy fuan ar ôl i'r babi gael ei eni oherwydd y gallai hynny ypsetio'r wraig. Ddim yn union beth fyddwn i'n ei alw'n gyngor cynhwysfawr.

Ar ôl sesiwn ddifyr yn troi ein trwynau ar y geiriau o gyngor – a oedd yn rhoi'r argraff fod dynion yn gwybod llai am eni babi na physgodyn aur cyffredin – roedden ni'n dau yn teimlo'n ddigon isel ein hysbryd. Gyda'r fath ddiffyg gwybodaeth, dydy hi fawr o syndod fod geni babi'n rhywbeth dirgel a brawychus sy'n cael ei adael yng ngofal menywod – arlliw o'r hen ddyddiau pan oedd dynion yn cael eu hel o'r tŷ gyda'r fydwraig yn torchi ei llewys ac yn gofalu am y llanast, y gwaith annifyr, a'r nain yno am y mis cyntaf i newid y cewynnau.

Mae cael babi yn bwynt diffiniol mewn perthynas, yn fwy felly'n aml iawn na phriodi neu symud i fyw gyda'ch gilydd. Mae'n llawer haws ysgaru na rhannu teulu, ac mae'n llawer haws symud eich hun allan o dŷ. Mae babi yn fath gwahanol o ymrwymiad. Does gan fabi ddim dewis yn y mater. Mae babi yn gynnyrch pendant sy'n tarddu o'ch perthynas. A gall cael babi fod yn anodd iawn, iawn.

Mae'n hawdd iawn mesur effaith ymarferol babi ar eich perthynas â'ch partner. Mae'n eithaf amlwg fod nosweithiau aflonydd, bwydo ar y fron, diffyg rhyw a cholli amser rhydd a fu ar gael unwaith yn mynd i wneud y naill neu'r llall ohonoch, neu'r ddau ohonoch, yn fwy anniddig. Ond mae'n anoddach mesur yr effaith emosiynol. Gall geni babi, fel y nodwyd eisoes, ysgogi llond trol o deimladau negyddol ac anghyfarwydd – mewn partneriaid yn ogystal â mamau. Cenfigen, teimladau o israddoldeb, ofn, colli rheolaeth, colli libido – mae'r rhain i gyd yn gyffredin yn y misoedd cyntaf anodd hynny. Os ydych chi'n dioddef o iselder ôl-enedigol neu drawma ar ôl geni'ch plentyn, mae'n bosib y bydd angen i'ch partner gefnogi'r ddau ohonoch chi.

Mae yna hefyd gorff cynyddol o dystiolaeth sy'n awgrymu y gall partneriaid gwrywaidd hefyd fod yn agored i iselder ôl-enedigol, ac y gallan nhw hefyd brofi PTSD ar ôl bod yn dyst i enedigaeth drawmatig. Ac mae mwy o ddynion yn siarad yn agored: sefydlodd Mark Williams yr elusen Fathers Reaching Out ar ôl profi pyliau o banig ac iselder ôl-enedigol yn sgil genedigaeth drawmatig ei fab ac iselder ôl-enedigol ei wraig, Michelle. Canfu un astudiaeth yn yr Unol Daleithiau fod 14% o famau a 10% o dadau yn arddangos lefelau o symptomau iselder.

Ac, wrth gwrs, dydy pob partner ddim yn wrywaidd. Mae effaith genedigaeth drawmatig neu fam newydd sy'n dioddef o iselder ôl-enedigol ar bartner benywaidd yn faes sy'n haeddu llawer mwy o sylw. Mae un adolygiad ar raddfa fach a gynhaliwyd gan yr ymarferydd cyn-geni Katherine Walker yn nodi bod llawer o'r gwaith i gyd-famau lesbiaidd yn ymwneud ag addasu emosiynol yn hytrach nag adferiad corfforol ar ôl yr enedigaeth, yn union fel partneriaid gwrywaidd. Mae hi'n tynnu sylw at y ffaith bod diffyg cefnogaeth yn sbarduno iselder ôl-enedigol, ac y gallai cyd-famau fod mewn mwy o berygl os yw eu perthnasoedd teuluol dan straen.

Os mai chi yw'r partner hwnnw – gwryw neu fenyw – mae'n bwysig pwysleisio, unwaith eto, nad ydych chi ar eich pen eich hun, a bod eich teimladau'n ddilys. Peidiwch byth â bod ofn holi am help am nad chi wnaeth eni'r babi.

Ydy fy mherthynas i mewn perygl?

Mae'n amhosib rhagweld sut bydd babi yn effeithio ar eich perthynas. Fodd bynnag, mae astudiaethau wedi dangos bod rhai ffactorau risg (sy'n cael eu trafod isod) yn gwneud trafferthion yn fwy tebygol. Wrth gwrs, mae'n bosib y cewch chi anawsterau ar yr adeg hon heb berthyn i unrhyw un o'r categorïau hyn, gydag un astudiaeth yn cyfeirio at hynny fel 'trawma seicogymdeithasol'.

Perthynas ymfflamychol
Drwy'r oesoedd, mae cyplau priod wedi cael babi er mwyn ceisio achub perthynas gythryblus. Dim ond yn ddiweddar y mae rhywun wedi rhoi enw bachog i hynny – 'babi plastr glynu'. Dilynodd un astudiaeth 43 o gyplau a ddaeth yn rhieni, a'u cyfweld am eu perthynas pan wnaethon nhw briodi. Y ffactorau a oedd yn rhagweld bodlonrwydd cyson neu gynyddol y fam oedd gŵr yn mynegi hoffter ohoni, parch uchel y gŵr tuag ati hi a'u perthynas, a'i pharch hithau at ei gŵr a'u perthynas. Ar y llaw arall, y ffactorau a oedd yn rhagweld dirywiad o ran bodlonrwydd priodasol y fam oedd agwedd negyddol gŵr tuag at ei wraig, siom y gŵr yn y briodas, neu'r gŵr neu'r wraig yn disgrifio eu bywydau fel anhrefnus.

Gall ymddangos yn amlwg, ond mae'n werth nodi hyn yr un fath: os nad oes gennych chi berthynas wych cyn i'ch babi gyrraedd, mae'n llai tebygol y bydd gennych chi berthynas wych wrth fyw gyda holl bwysau ychwanegol bod yn rhiant. Ar ben hynny, yn ôl astudiaeth arall o'r Iseldiroedd, mwya'n byd o wrthdaro sydd yn eich perthynas chi yn gyffredinol, mwya'n byd o wrthdaro rydych chi'n debygol o brofi wrth bontio i fod yn rhiant.

Beichiogrwydd heb ei gynllunio
Rydyn ni wedi arfer cymaint bellach â rheoli pob agwedd ar ein bywydau fel y gall methiant dull atal cenhedlu, er enghraifft, achosi sioc enfawr. Er bod llawer o gyplau yn gallu (ac yn llwyddo) i ddygymod â sioc beichiogrwydd heb ei gynllunio wrth i'r amser fynd yn ei flaen, mae ymchwil wedi dangos bod tadau babanod heb eu cynllunio yn ei chael

hi'n llawer anoddach dod i adnabod eu plant a'u caru. Yn ôl astudiaeth gan Brifysgol Washington, yn dadansoddi lefelau boddhad priodasol ar ôl geni babi, gwelwyd bod cyplau a feichiogodd yn fwriadol yn cael sgoriau boddhad uwch.

Penderfyniad unochrog

Os nad oedd eich partner eisiau i chi feichiogi, fe fydd yn ei chael hi'n anoddach ymdopi. Wrth gwrs, mae'n naturiol i chi'ch dau deimlo'n ansicr ynglŷn â'ch penderfyniad ar adegau. Ond mae hynny'n deimlad gwahanol iawn i fynegi awydd clir i beidio â chael babi o gwbl. Yn ôl astudiaeth a gyhoeddwyd yn y *Journal of Marriage and Family,* roedd dynion nad oedden nhw eisiau i'w partneriaid feichiogi yn llai tebygol o ddangos cynhesrwydd tadol tuag at eu babanod newydd.

Sut mae eich perthynas yn newid

Cyn i'r babi gyrraedd, dydy'r rhan fwyaf o gyplau ddim yn gorfod trafod pwy sy'n gweithio ar ba ddiwrnodau, neu pwy sy'n mynd i'r gampfa gyda'r nos. Eich amser chi, yn fras iawn, yw eich amser chi. Yna mae'r babi yn cyrraedd – ac yn sydyn, mae pethau'n wahanol iawn. Fel arfer, y fam yw'r un sy'n cymryd y rhan fwyaf o seibiant o'r gwaith, er gwaetha'r ffaith fod rhannu absenoldeb rhiant yn dod yn fwy cyffredin. Ac mae'n dal i fod yn wir bod menywod yn fwy tebygol o roi'r gorau i'w swyddi ar ôl cael babi, er bod ymchwil yn awgrymu bod nifer y tadau sy'n 'aros gartref' ar gynnydd.

Mae'n newid dramatig o ran rolau, ac yn un sy'n gallu achosi llawer o wrthdaro a newid, sydd fel arfer yn gysylltiedig â dwy agwedd: rhannu dyletswyddau a newid yn rôl y fenyw o fod yn gariad i fod yn fam.

Gwenith

Doedd fy mhartner ddim yn sylweddoli faint roeddwn i angen gorffwys a gofal. Roedd e wedi cyffroi cymaint ar ôl y geni fel nad oedd e fawr o help i fi – roedd e fel peth gwyllt, ar ben ei ddigon, ar blaned arall. Doedd e ddim wedi cysgu rhyw lawer yn ystod yr esgor chwaith, a'r noson ar ôl i Rhys gael ei eni, fe wnaeth e feddwi'n gaib gyda'i ffrind ac aros lan drwy'r nos eto. Fe ddaeth e i'r ysbyty drannoeth, ac erbyn i fi ddod yn ôl o'r tŷ bach, roedd e'n cysgu – yn yr un dillad â'r diwrnod cynt, heb siafio ac yn drewi o alcohol – ar fy ngwely i! Bryd hynny, fe ges i'r teimlad nad oedd pethau'n iawn, ac er fy mod i'n hapus iawn gyda'r babi, roeddwn i'n cael trafferth ymdopi â'r blinder. Y syniad oedd 'mod i'n cael bach o gwsg tra'r oedd e'n cadw llygad ar y babi am ychydig oriau, ond wnaeth hynny ddim digwydd yn yr ysbyty, ac roedd y bydwragedd yn rhy brysur i helpu hefyd.

Fe wnes i ddechrau teimlo'n well ar ôl i fi gyrraedd adre, ond wnes i ddim dal lan ar y cwsg roeddwn i wedi'i golli. Mae fy mhartner yn allblyg iawn ac felly roedd e'n mynnu gwahodd pobl draw bob dydd i weld y babi newydd, a finnau'n teimlo'n fwy blinedig fyth. Dwi'n amau nad oeddwn i'n ddigon hyderus i roi fy nhroed lawr, nes i fi deimlo nad oeddwn i eisiau i bobl alw byth eto. Er mai cael Rhys oedd y peth gorau erioed, roeddwn i'n teimlo dan straen ac yn hynod flinedig ac roeddwn i'n bigog gyda fy mhartner ar y pryd. Pan mae 'na fabi newydd wedi cyrraedd, dyw pobl ddim eisiau eich clywed chi'n cwyno, gan fod hynny'n chwalu'r ddelfryd – ac mae'n hawdd iawn iddyn nhw gamddeall a meddwl nad ydych chi eisiau'r babi! Gan fod fy mhartner yn 'jynci' adrenalin, doedd e ddim wir yn deall pan ddywedais i 'mod i eisiau llonydd a thawelwch i wella o'r geni ac i ddal lan gyda chwsg.

Dwi'n gallu edrych yn ôl nawr a gweld y dylwn i fod wedi bod yn glir a chadarn, ac wedi nodi'r hyn oedd yn dderbyniol i fi, fel y gallwn i fod wedi ymdopi'n well. Dyna dwi wedi'i wneud dros y misoedd diwethaf, a dwi'n teimlo'n llawer gwell o'i wneud e. Mae pethau'n wych gyda fy mhartner nawr hefyd, a dydw i ddim yn flin gydag e bellach. Mae ei egni ychwanegol yn ddefnyddiol iawn ar adegau – mae'n help mawr o gwmpas y tŷ ac mae e'n dad ardderchog. Mae e hefyd yn deall erbyn hyn bod hyd a lled i'r hyn dwi'n fodlon ei oddef.

Rhannu dyletswyddau

Yn ôl astudiaeth ddiweddar, gwelwyd bod menywod mewn cyplau yn gwneud, ar gyfartaledd, 15 awr yr wythnos o waith tŷ, tra bod dynion yn yr un sefyllfa yn gwneud pum awr. Mae yna syniad cyffredin, yn enwedig ymhlith dynion, bod treulio'r dydd gyda babi yn rhyw fath o gyfle i orffwys. Dydy hyn, fel y gwyddoch chi eisoes mae'n siŵr, ddim yn wir. Mae yna olchi, glanhau, bwydo, newid cewynnau a mwy o fwydo i'w wneud – y cyfan pan fyddwch chi'n flinedig a'r babi yn mynnu sylw. Felly dydy bod gartref gyda'r babi ddim yn golygu bod gennych chi ddigon o amser i wneud y gwaith tŷ arferol. Efallai y bydd angen i chi dynnu sylw eich partner at hyn. Cofiwch, does yna'r un o'r ddau ohonoch chi wedi cael babi o'r blaen. Mae'n bosib ei fod yn meddwl eich bod chi'n byw bywyd hamddenol braf.

Os yw'n disgwyl mwy nag y gallwch chi ei roi, mae'n bryd siarad yn blaen. Iawn, mae e yn y gwaith drwy'r dydd, ond rydych chithau hefyd – a dydych chi ddim yn cael clocio allan am hanner awr wedi pump. Lluniwch restr o bethau sydd angen eu gwneud a'u rhannu'n gyfartal. Dysgwch anwybyddu pethau – oes ots bod y lolfa ddim ond yn cael ei hwfro unwaith yr wythnos bellach yn hytrach na theirgwaith? Yn anad dim, gwnewch hi'n glir bod eich perthynas newydd yn dal i fod yn un gyfartal. Os ydych chi eisiau ymgymryd â thasgau ychwanegol o gwmpas y tŷ, mae hynny'n iawn – ond gwnewch yn siŵr mai eich penderfyniad chi yw hynny. Peidiwch â theimlo eich bod chi'n cael eich gorfodi neu eich blacmelio'n emosiynol i wneud mwy. Mae un plentyn yn y tŷ yn ddigon fel mae pethau.

Liwsi

Mae'n fy synnu i gystal tîm ydw i a'r gŵr o ran gofalu am ein babi; rhywsut roeddwn i'n disgwyl teimlo'n llawer mwy o faich, ond mae'n tynnu ei bwysau ac yn hapus i wneud hynny. Mae hynny'n gwneud gwahaniaeth mawr. Mi ydyn ni hefyd yn lwcus bod ei fam o gwmpas i helpu.

O fod yn gariad i fod yn fam

Mae geni babi yn golygu eich bod chi wedi profi newidiadau corfforol a meddyliol enfawr. Ac fe fydd bywyd eich partner yn newid hefyd. Ond mae'r newidiadau hynny yn mynd i fod yn arafach ac yn llai amlwg. Wna i byth anghofio geiriau neges un fenyw ar wefan magu plant yn sôn am ymgais ei gŵr i wneud iddi ddeall sut oedd e'n teimlo. Roedd eisiau i bethau fynd yn ôl fel oedden nhw, roedd eisiau ei 'hen fywyd' yn ôl gyda'r holl ryddid ynghlwm wrth hynny. Ei hymateb hi oedd arthio, 'Wel, dwi eisiau pi-pi heb gymryd cyffuriau lleddfu poen.'

Yn ôl astudiaeth yn 2018 o 832 o famau tro cyntaf, gwelwyd bod bron i hanner ohonyn nhw wedi crybwyll diffyg diddordeb mewn rhyw. Yn ôl yr astudiaeth, roedd 43% yn dioddef o sychder y wain a 37.5% yn dweud bod rhyw yn anodd neu'n boenus chwe mis ar ôl geni. Roedd hyn yn gysylltiedig â geni gyda chymorth sugnydd, rhwyg perinëwm ail neu drydedd radd neu episiotomi. Cyfeiriwyd at fwydo ar y fron hefyd fel un o'r prif ffactorau ynghlwm wrth ddiffyg diddordeb mewn rhyw, yn ogystal ag anfodlonrwydd gydag ymddangosiad eu corff.

Yn ôl astudiaeth fechan o fenywod yng Ngwlad Thai yn 2007, gwelwyd mai'r ffactor dylanwadol wrth ailafael mewn perthynas rywiol ar ôl geni oedd 'gofynion rhywiol y partner'. Os oedd y geni'n drawmatig, mae'n bosib y bydd angen cryn amser arnoch cyn i chi deimlo'n barod yn feddyliol i gael rhyw eto. Gall trawma corfforol hefyd olygu dim rhyw, ynghyd â diffyg cwsg, diffyg preifatrwydd a diffyg amser, gyda phob un ohonyn nhw'n arwain at ddiffyg libido. Mae rhai menywod sydd wedi dioddef trawma geni hefyd yn ystyried rhyw yn anodd oherwydd ei fod yn gysylltiedig â'r ofn o feichiogi eto. Mae problemau delwedd corff hefyd yn chwarae eu rhan: canfu astudiaeth gan Brifysgol Virginia fod mamau a thadau yn mynegi pryderon am eu delwedd corff eu hunain neu eu partner 12 mis ar ôl geni plentyn cyntaf.

> ***Nia***
> *Roeddwn i'n obsesiynol am ddefnyddio dulliau atal cenhedlu oherwydd allwn i ddim dioddef meddwl am gael plentyn arall.*

Does dim canllawiau pendant sy'n nodi pryd mae'n 'normal' i gael rhyw eto ar ôl geni – sut rydych chi'n teimlo yw'r arwydd gorau. Os ydych chi wedi cael episiotomi neu doriad Cesaraidd, mae'n ddoeth aros nes i chi wella o'ch clwyfau. Yn yr un modd, ddylech chi ddim anelu at gael rhyw nifer penodol o weithiau mewn cyfnod penodol. Dydy arolygon rhyw ddim yn ffynonellau gwybodaeth arbennig o ddibynadwy ond maen nhw'n cynnig cipolwg aneglur. Yn ôl arolwg o 20,000 o rieni yn y Deyrnas Unedig gan BabyCentre, adnodd ar-lein ar gyfer menywod beichiog a mamau newydd, roedd y rhan fwyaf o rieni yn cael rhyw deirgwaith i bum gwaith y mis chwe mis ar ôl geni eu plentyn. Felly peidiwch â bod o dan yr argraff fod pawb arall wrthi'n cael rhyw chwe gwaith y dydd, a hwnnw'n rhyw gwyllt a gwallgo. Dydy hynny ddim yn wir. Cymerwch gymaint o amser ag sydd ei angen arnoch chi.

Mae'n bosib y bydd eich partner eisiau rhyw cyn eich bod chi'n teimlo'n barod. Mae'n hollbwysig i chi drafod sut rydych chi'n teimlo. Os nad ydych chi'n teimlo'n barod am ryw, dywedwch wrtho yn onest. Does gan neb yr hawl i fynnu rhyw os nad ydych chi eisiau hynny. Peidiwch â chytuno dim ond er mwyn ei gadw'n hapus – dydy hynny ddim yn gwneud lles i neb.

Fe ddylech chi gofio hefyd nad yw perthynas rywiol bob amser yn golygu rhyw. Fe fydd cwtshio, cyffwrdd a rhagchwarae yn eich helpu i ailddarganfod eich ochr rywiol ac yn rhoi amser i chi fod yn bartneriaid, yn hytrach na rhieni. Mae 'amserlennu' rhyw yn swnio'n ofnadwy ond, os yn bosib, ceisiwch dreulio amser gyda'ch gilydd pan fydd eich babi yn cysgu. Ceisiwch gadw'r rhan hon o'ch perthynas yn fyw wrth fynd drwy'r cyfnod llawn straen hwn.

Os yw'r syniad o ryw yn dal i beri gofid i chi neu os yw rhyw yn boenus ar ôl geni, trafodwch hynny â'ch ymwelydd iechyd, nyrs practis neu feddyg. Mae'n bosib trin problemau corfforol a meddyliol sydd ynghlwm wrth ryw ar ôl geni, ac maen nhw'n gyffredin iawn – yn ôl un astudiaeth, roedd 83%

o 484 o fenywod a ymatebodd wedi profi problemau rhywiol hyd at dri mis ar ôl i'w babanod gael eu geni. Ceisiwch gael cyngor cyn gynted ag y byddwch chi'n sylweddoli bod rhywbeth o'i le.

(Gyda llaw, fe ges i gyngor i gael rhyw cyn fy archwiliad chwe wythnos arferol i weld a oedd unrhyw broblemau meddygol. Fe wnes i dderbyn y cyngor hwnnw heb ei gwestiynu. Wrth edrych yn ôl, fe ddylwn i fod wedi dweud y byddwn i'n cael rhyw pan oeddwn i'n barod, a dim eiliad ynghynt.)

Pam mae rhai partneriaid yn cael trafferth creu cwlwm â'u babanod?

Gall fod yn anodd teimlo'n rhan o'r beichiogrwydd os nad chi yw'r un sy'n feichiog. Mae'r ddarpar fam yn cario'r plentyn. Hi yw'r un sy'n gorfod dioddef y poen cefn, y cyfog, y blinder a'r wyth ymweliad â'r tŷ bach bob nos, a'r holl bethau bach annifyr sy'n digwydd yn ystod y beichiogrwydd hawsaf hyd yn oed. Hi sy'n teimlo'r gic gyntaf, yr igian cyntaf, y teimlad o gyflawniad ei bod hi'n creu rhywbeth newydd a rhyfeddol. Hi yw'r un sy'n cael yr holl longyfarchiadau a'r holl sylw. O ganlyniad, gall y babi ymddangos yn fwy 'real' iddi hi. Mae ei chysylltiad hi â'i babi yn dechrau'n llawer cynt na chysylltiad ei phartner. Yn gyffredinol, mae hi'n ei chael hi'n haws meddwl am y dyfodol gyda babi.

Ar ôl i'r babi gael ei eni, mae'r holl gyngor a chymorth, unwaith eto, yn canolbwyntio ar y fam. Dim ond hi sy'n mynd i allu bwydo ar y fron. Mae'n bosib y bydd hi'n ymddangos fel pe bai'n deall anghenion y babi yn well. Hwyrach y bydd hi'n ymateb yn gynt i grio ei babi. Efallai na fydd hi'n gweld neb ond y babi, ac yn meddwl a siarad am ddim byd arall. Mae'n bosib na fydd hi'n fodlon gadael i eraill ofalu am ei babi. Yn y bôn, mae'n debygol y bydd ei holl sylw wedi'i hoelio ar y babi ac nid ar ei phartner. Mae hyn, wrth gwrs, yn hollol normal. Ond gall fod yn anodd iawn i bartneriaid ddeall hynny.

Dwi wedi clywed llawer o bartneriaid yn dweud eu bod nhw'n teimlo wedi'u cau i ffwrdd rhag eu babanod. Dydy hynny ddim yr un peth â chenfigen. Maen nhw eisiau creu cwlwm, maen nhw eisiau dod i adnabod eu plentyn – ond dydyn nhw ddim yn gwybod sut. Fel dwi wedi sôn eisoes, dydy hi fawr o syndod fod partneriaid yn nerfus pan fydd y babi yn dod adref – does ganddyn nhw ddim syniad beth i'w wneud. Mae cryn dipyn o famau yn teimlo felly hefyd. (Fe wnes i ddweud wrth fy ngŵr pan ddes i a'r babi adre nad yw bod â gwain yn gyfystyr â sgiliau hudolus i fagu babi.) Ond o leiaf rydyn ni'n fwy tebygol o fod wedi mynychu dosbarthiadau cyn-geni neu wedi cael gwybod beth i'w wneud gan fydwraig neu nyrs. Fel arfer, rydyn ni hefyd wedi cael diwrnod neu ddau o ofalu am ein babi yn yr ysbyty. Felly rydyn ni fymryn yn fwy profiadol wrth droi ein llaw at yr holl sgiliau newydd hyn – newid cewynnau, glanhau'r babi, bwydo a dal babi, a deall sut mae stydiau'r gwisgoedd cysgu yn cau.

Mae'n ddigon posib fod partneriaid eisiau helpu, ac os ydych chi'n awyddus iddyn nhw helpu am y 18 mlynedd nesaf, mae'n syniad da eu cynnwys o'r dechrau'n deg. Mae'n bosib y byddwch chi fymryn yn afresymol ynglŷn â'u cyfraniad. Efallai y byddan nhw'n ymolchi'r babi mewn ffordd wahanol i chi. Efallai y byddan nhw'n cau'r cewyn yn anghywir yr un neu ddau – neu ddeg – tro cyntaf. Serch hynny, dydy mân gamsyniadau o'r fath ddim yn golygu bod eich partner yn dwpsyn sy'n methu gwneud y peth symlaf dros ei blentyn. Mae'n bwysig i chi adael iddyn nhw wneud camsyniadau a delio â'r canlyniadau. Buan iawn y gwelan nhw mai canlyniad methu cau cewyn yn iawn yw treulio awr yn glanhau baw oddi ar y crud Moses. Profiad dysgu gwych. Maen nhw'n annhebygol o fethu cau cewyn yn iawn eto.

Mae hyn yn swnio'n ysgafn, ond mae yna ochr ddifrifol i'r peth. Ar ryw adeg, fe fyddwch chi eisiau adfer rhai agweddau ar eich bywyd blaenorol. Fe fyddwch chi eisiau mynd allan i weld eich ffrindiau. Os na allwch chi adael eich babi gyda'ch partner am nad yw'n gwybod sut i ofalu amdano, dyna fydd dechrau gofidiau. Fe fyddwch chi'n meddwl pam ei fod mor ddiwerth, pam ei fod yn honni na all wneud y peth symlaf. Felly llaciwch eich gafael ar yr awenau rhyw fymryn. Mae'n anodd pan fyddwch chi'n fam am y tro cyntaf ac yn argyhoeddedig eich bod chi'n gwneud popeth gymaint yn well na'ch partner. Ond bydd gadael i'ch partner gynefino â threfn ddyddiol gofal plant yn gwneud pethau'n llawer haws i chi fel cwpl dros y misoedd a'r blynyddoedd i ddod. Rhowch y cyfrifoldeb hwnnw i'ch partner.

Fe fyddwch chi hefyd yn rhoi rhodd wych i'ch partner: y rhodd o ddod i adnabod eich plentyn. Dydych chi ddim yn dod i adnabod babi drwy fod yno ar gyfer yr adegau hyfryd yn unig. Mae'n berthynas sy'n dechrau gyda'r hanfodion cwbl sylfaenol – bod yno i'w lanhau a'i fwydo. Peidiwch â chau eich partner allan o'r broses anhygoel hon.

Mae'r uchod hefyd yn wir am bartneriaid a all roi'r argraff eu bod yn gwbl ddidaro neu sy'n dweud nad 'babanod' yw eu pethau. Mae'n broses o ddysgu a dod i adnabod eich gilydd i chi'ch tri. Anogwch eich partner i dorchi llewys, ac ar ôl ychydig, fe welwch chi ei fod yn awyddus i gymryd rhan.

Partneriaid cenfigennus

Mae dwy ffordd o feddwl am genfigen partner. Rhywbeth fel hyn yw'r cyntaf: mae rhywbeth mawr yn bod ar unrhyw oedolyn sy'n genfigennus o fabi bach, ac mae angen dweud wrthyn nhw am ddod at eu coed. Ac yna rhywbeth tebyg i hyn yw'r llall: gall bod yn genfigennus o'ch mab neu'ch merch ymddangos fel rhywbeth afresymol, ond y gwir amdani yw bod hynny'n gwneud synnwyr perffaith. Os ydych chi wedi bod yn ganolbwynt i fywyd rhywun hyd at y pwynt hwnnw, mae'n naturiol eich bod chi'n teimlo'n genfigennus pan fydd hi'n sydyn yn rhoi ei holl sylw i rywun arall – yn enwedig pan mai babi sy'n sgrechian yn gyson yw'r rhywun arall hwnnw. Felly fe allai deall pam mae partner yn teimlo'n genfigennus helpu, a'ch bod yn gweithio gyda'ch gilydd i ddatrys y broblem.

Sut ydych chi'n gwybod bod eich partner yn genfigennus? Gwrandewch ar yr hyn mae'n ei ddweud wrthych chi. Fe allai sylwadau ysgafn fel, 'Mi wyt ti'n caru'r babi yna'n fwy nag wyt ti'n fy ngharu i', 'Dwyt ti erioed wedi lapio'r dillad gwely amdana i fel 'na/wedi rhoi bath i fi/wedi fy nhylino i' neu 'Dydw i byth yn dy weld di ar dy ben dy hun y dyddiau yma', i gyd fod yn arwydd o deimlo'i fod yn cael ei gau allan ac yn genfigennus o'r sylw rydych chi'n ei roi i'ch babi. Fe fydd rhai partneriaid yn dweud hynny'n blwmp ac yn blaen Fe fydd rhai yn mygu'r cyfan ac yn mynegi eu cenfigen mewn ffyrdd eraill, fel arfer drwy ddiflannu am oriau maith neu ymgolli yn eu gwaith. Fe fydd rhai yn fwriadol elyniaethus tuag at eu babi.

Gall cenfigen wenwyno perthynas – unrhyw berthynas. Os ydych chi'n amau bod eich partner yn genfigennus, ceisiwch ei annog i drafod ei deimladau. Mewn byd delfrydol, ddylech chi ddim gorfod cario'r baich hwn ar ben bod yn fam am y tro cyntaf. Ond os gallwch chi gynnig clust i wrando ar eich partner, mae'n bosib y gwelwch chi y bydd hynny'n talu ar ei ganfed yn y dyfodol. Gall ychydig o sylw ar adeg dyngedfennol fel hon olygu'r byd. Nid mater o famoli, galluogi neu faldodi eich partner ydy o – mae'n fater o gymryd y sefyllfa o ddifri.

Mae dod o hyd i'r amser a'r lle iawn i siarad yn hollbwysig. Peidiwch â chodi unrhyw un o'r materion hyn yn ystod adegau llawn straen, pan fydd y babi yn crio neu pan fyddwch chi'n ceisio ei fwydo neu ei newid. Trefnwch amser sy'n gyfleus hefyd i'r babi. Er enghraifft, ewch am dro – fe fydd eich babi, gobeithio, yn cysgu yn y bygi neu'r pram ac fe allwch chi siarad a cherdded ar yr un pryd. Os yw eich babi yn cysgu ar adegau penodol, beth am gael sgwrs ar yr adeg honno. Neu, os yw eich babi yn ddigon hen a chithau'n teimlo'n hapus i'w adael, ceisiwch gael ffrind neu berthynas dibynadwy i'w warchod am ryw awr. Mae hynny'n ddigon hir i chi a'ch partner fynd i gael paned o goffi yn rhywle.

Ceisiwch beidio â bod yn rhy gyhuddgar. Rhowch sicrwydd i'ch partner fod yr hyn mae'n ei deimlo yn normal. Mae'n werth tynnu ei sylw at y ffaith mai dyma'r amser mae eich babi angen ei fam fwyaf – yn llythrennol felly os ydych chi'n bwydo ar y fron. Dydy pethau ddim yn mynd i fod fel hyn am weddill eich oes. Mae'n anodd iawn gweld y tu hwnt i gan diwrnod gwallgof cyntaf bywyd eich babi (mae ffrind yn cyfeirio atyn nhw fel 'y can diwrnod o uffern', disgrifiad dwi wedi ei gofleidio'n frwd). Mae'n werth atgoffa partner y bydd eich mab neu ferch yn gwenu, yn cropian, yn siarad ac yn mynegi cariad yn agored mewn ychydig fisoedd – dydy'r babi ddim yn mynd i fod yn beiriant ysgarthu swnllyd a gwridog am byth. Anogwch eich partner i wneud pethau gyda'r babi. Os ydych chi'n bwydo â photel neu'n tynnu llaeth o'r fron, gofynnwch i'ch partner ofalu am y bwydo unwaith y dydd – neu yn ystod y nos er mwyn i chi gael seibiant. Os ydych chi'n bwydo ar y fron yn unig, gwnewch amser bwydo yn amser i'r teulu cyfan. Gadewch i'ch partner gymryd cyfrifoldeb a rhoi cyfle iddo dreulio amser ar ei ben ei hun gyda'r babi, er mwyn iddo allu meithrin eu perthynas.

Nel

Mi oeddwn i'n ymwybodol bod y felan yn normal, ond mi oeddwn i'n teimlo'n drist am fisoedd ar ôl ei geni. Agwedd fy ngŵr (cyn-ŵr bellach!) oedd wynebu'r cyfan a bwrw drwyddi. Wnes i ddim holi am gyngor meddygol ar y pwynt yma. Wnes i ddim siarad efo neb, achos doedd iselder ddim yn cael ei dderbyn yn yr un ffordd 17 mlynedd yn ôl ag y mae o rŵan. Doedd fy ngŵr yn fawr o gefn i fi, felly mi wnes i feddwl na fyddai neb arall yn deall os nad oedd o.

Mamau cenfigennus

Problem sy'n cael llai o sylw yw'r fam sy'n teimlo bod ei babi yn caru ei phartner yn fwy na hi. Mae hyn yn aml, er nad bob tro, yn mynd law yn llaw ag iselder ôl-enedigol a phroblemau creu cwlwm.

Mae gen i brofiad personol o hyn. Fy ngŵr oedd y cyntaf i afael yn iawn yn ein mab, a'r gŵr ddaliodd ei law tra roedd yn cael ei bigiad fitamin K ac yn cael ei archwiliad cyntaf. Yn ddiweddarach, fy ngŵr oedd yn gofalu amdano wrth iddo gael profion gwaed ac archwiliadau niferus. Roeddwn i mewn gormod o stad i wneud unrhyw beth. Fe wnes i sylweddoli bod fy ngŵr wedi creu cwlwm arbennig gyda fy mab, ac roeddwn i'n siomedig yn hytrach na hapus bod fy mhartner wedi addasu cystal i fod yn dad. Y cyfan allwn i feddwl oedd mai fi ddylai fod wedi gwneud hynny. Roeddwn i wedi clywed cymaint am y cwlwm chwedlonol rhwng mam a'i babi ac am genfigen partner, ond wnes i ddim ystyried am eiliad mai fi fyddai'r un genfigennus.

Yma, unwaith eto, mae'n bwysig siarad â'ch partner. Rhowch wybod iddo sut rydych chi'n teimlo. Mae'r rhain yn emosiynau cymhleth, mae'n hawdd eu camddeall a dydy hi ddim yn hawdd eu mynegi ar lafar. Mae mor hawdd i sgwrs sy'n llawn bwriadau da droi'n sesiwn o gyhuddo a phwyntio bys. Fe allai ysgrifennu'r hyn rydych chi eisiau ei ddweud cyn i chi agor eich ceg helpu, fel eich bod yn gwybod yn union beth rydych chi eisiau ei gyfleu. Unwaith eto, mae'n werth siarad mewn lleoliad rhydd o straen. Ceisiwch dreulio amser ar eich pen eich hun gyda'ch babi. Dydy perthnasoedd ddim yn datblygu yn ddisymwth. Mae'n rhaid gweithio arnyn nhw. Mae'r un peth yn wir gyda babanod. Cofiwch nad yw eich partner yn ceisio cael y llaw uchaf arnoch chi – dydy hi ddim yn gystadleuaeth i weld pa riant mae eich babi yn ei garu fwyaf. Mae'n debygol bod eich partner yn disgwyl i chi fod yn falch ei fod yn caru ei blentyn newydd cymaint, ac fe allai fod yn dipyn o ysgytwad iddo sylweddoli nad dyna fel mae pethau.

Eira

Mi wnes i ddechrau gwylio sut oedd fy ngŵr efo'r babi, a thrio gwneud yr un peth pan oeddwn i ar fy mhen fy hun efo hi. Mi oedd yn teimlo'n rhyfedd ar y dechrau, gan 'mod i'n meddwl am ba mor ofnadwy roeddwn i wedi ei thrin hi. Ond mi oedd hi'n ymateb, ac yn dechrau gwneud mwy a mwy bob dydd. Mi wnaeth hi ddatblygu ei phersonoliaeth ei hun, a dyma finnau'n dechrau dysgu beth oedd hi'n hoffi a ddim yn hoffi.

Cwnsela i gyplau

Mae llawer o gyplau yn sylwi bod gwrthdaro yn lleddfu dros amser wrth i'r ddau ohonyn nhw ddygymod â'u rolau newydd. Ond os ydych chi'n dal i gael problemau cyfathrebu gwirioneddol rai misoedd ar ôl y geni, mae'n bosib y byddai'n werth i chi ystyried cwnsela i gyplau, sydd ar gael gan sefydliadau fel Relate (gweler yr adran 'Cysylltiadau defnyddiol' am fanylion). Gall clywed barn rhywun o'r tu allan ar eich perthynas fod yn fuddiol iawn. Gall cwnsela eich helpu i ddechrau cyfathrebu eto, ac mae canlyniadau gwych yn bosib.

Symud ymlaen

Ydy, mae misoedd cyntaf bywyd eich babi yn un o'r adegau anoddaf i gwpl, ond gall fod yn un o'r cyfnodau mwyaf gwerth chweil hefyd. Mae cael babi yn weithred o bartneriaeth go iawn. Fe wnaethoch chi ddod â'r babi hwn i'r byd gyda'ch gilydd, ac fe allwch chi ei fagu gyda'i gilydd hefyd. Pan fyddwch chi a'ch partner yn gweithio fel tîm, mae magu plant yn brofiad llawen, yn brofiad sy'n eich cyfoethogi. Mae'n gwella'ch perthynas. Rydych chi'n gweld agweddau ar eich partner na welsoch chi erioed o'r blaen, ac yn dysgu mwy am eich partner nag y gwnaethoch chi erioed ei ddisgwyl.

Yn 2008, cynhaliwyd astudiaeth yn Sweden i archwilio profiadau 20 o ddynion rhwng 20 a 48 oed wrth iddyn nhw ddod yn dadau am y tro cyntaf. Y brif thema a ddaeth i'r amlwg, heb fawr o syndod, oedd 'newid bywyd'. Ond roedd y newidiadau hynny yn cael eu hystyried yn gadarnhaol ar y cyfan. Soniodd tadau pa mor 'wych' oedd bod yn dad, ac er bod eu perthynas â'u partner wedi newid, bod y newidiadau hynny fel arfer er gwell.

Lowri

Fe wellodd ein perthynas ni ar ôl geni'r bychan. Cyn hynny, roedden ni'n cwympo mas yn aml iawn. Pan ddaeth e, fe newidiodd pethau. Fe newidiodd ein blaenoriaethau ni, a fe oedd y peth pwysicaf. Fe wnes i ddioddef trawma geni ac iselder ôl-enedigol, ond roedd fy mhartner yn wych. Anaml y byddai'n gwneud unrhyw waith tŷ cyn hynny, ond ar ôl i'r babi gael ei eni, roedd e'n gwneud popeth. Roedd e'n gwneud i fi orffwys a mynnu fy mod i'n canolbwyntio ar ein mab. Roeddwn i'n gwneud pethau, ond os nad oedd gen i amser, roeddwn i'n gwybod y gallwn i ddibynnu arno fe. Fe ddaethon ni mor agos, ac roedd e'n caru fy nghorff hyd yn oed yn fwy oherwydd fy mod i wedi cario ein mab. Fe wnaethon ni glosio'n agos drwy hyn, a phenderfynu delio gyda'r broblem fel tîm ac atgoffa ein hunain ein bod ni'n caru'n gilydd.

6

Addasu i'r chi newydd

Yn ystod eich beichiogrwydd, mae'n bosib y dewch chi ar draws sawl proffwyd gwae yn dweud pethau di-fudd fel 'Wel, dywedwch ta-ta wrth orffen llyfr, neu wylio ffilm, neu fynd i gerdded.' Er bod rhywfaint o wirionedd yn hyn, dydy hynny ddim yn dweud y gwir llawn am fod yn fam. Dyma'r math o agwedd sy'n gwneud i lawer ofni, unwaith y byddwn ni wedi geni, y bydd ein bywydau a'n personoliaethau yn cael eu boddi o dan don fawr o gewynnau a bwyd babi.

Mae dod yn fam yn eich newid chi, ond ddim yn y ffyrdd y byddech chi'n eu disgwyl. Fe fydd eich corff yn newid. Mae eich perthynas â'ch partner a'ch teulu yn debygol o newid. Mae'n bosib y byddwch chi'n edrych ar rai pethau yn wahanol nawr bod gennych chi fabi. Ond yn y pen draw, rydych chi'r un person ag yr oeddech chi. Dydych chi ddim yn troi'n sant dros nos. Dydych chi ddim yn cael trawsblaniad personoliaeth ar yr un pryd â'r epidwral. Os oeddech chi'n ddiamynedd o'r blaen, mae'n debygol y byddwch chi'n yn ddiamynedd o hyd.

Liwsi

Mae dod yn fam wedi newid popeth amdana i, a heb newid dim byd chwaith. Dwi'n dal i fwynhau fy mhriodas, fy ngwaith, fy niddordebau, fy ffrindiau a nosweithiau allan, ond mae'r ffiniau yn wahanol. Dwi'n gweithio tri diwrnod yr wythnos yn hytrach na phump neu chwech; mae nosweithiau allan yn brin a dwi'n gweld llawer llai ar fy ffrindiau (yn enwedig y ffrindiau hynny heb blant!). Doeddwn i ddim yn disgwyl i fagu plant roi cymaint o foddhad ond bod mor ddiflas ar yr un pryd! Dwi mor falch pan dwi a'r gŵr yn eistedd fin nos ac yn trafod cerrig milltir diweddaraf ein merch, rhywbeth doniol mae hi wedi'i wneud neu rywbeth wnaeth iddi chwerthin. Ac eto dwi'n gwylltio pan fydd hi'n gwrthod agor ei cheg i fi lanhau ei dannedd, neu'n taflu iogwrt ar y llawr, neu'n gwrthod gwisgo'i chôt a'i hesgidiau i fynd allan. Alla i ddim peidio â rhyfeddu faint o wahanol emosiynau dwi'n eu teimlo yn ystod diwrnod yng nghwmni plentyn. Pan fydda i'n cymharu bywyd rŵan efo bywyd fel oedd o, mae o'n debyg i'r gwahaniaeth rhwng ffôn symudol a ffôn clyfar.

Sut mae cael babi yn newid eich corff

Dwi'n cofio edrych i lawr ar fy stumog ar ôl geni a synnu fy mod i'n dal i edrych yn feichiog. Dyma faint oeddwn i'n ei wybod am beth mae'r corff yn ei wneud ar ôl geni. Dri mis yn ddiweddarach, roeddwn i'n dal i edrych yn feichiog. Mewn termau corfforol pur, dyma sut mae'ch corff yn newid. Rydych chi'n debygol o fod wedi magu sawl stôn. Y babi yw llawer o hynny, ond nid y cyfan – wedi'r cwbl, does dim llawer o ddarpar famau yn poeni am gyfri'r caloriau yn ystod beichiogrwydd. Yn ystod misoedd olaf beichiogrwydd, dydy'r rhan fwyaf o famau ddim yn gwneud ymarfer corff caled. Yn y bôn, rydyn ni'n rhy flinedig. Mae'n bosib hefyd eich bod chi'n dioddef o gyflwr sy'n cyfyngu ar eich gallu i symud, fel camweithrediad symffysis piwbig (SPD)/poen gwregys pelfig, gan wneud ymarfer corff yn anodd iawn neu'n amhosib.

Fe fydd eich bwmp wedi estyn y croen ar eich stumog, felly mae'n debygol o deimlo ac edrych yn llac ac yn llipa. Mae'n annhebygol eich bod wedi cael eich canol yn ôl. Fe fydd eich bronnau yn fwy ac yn teimlo'n fwy llipa, er eu bod nhw'n debygol o fynd yn ôl i'w maint arferol wrth i chi roi'r gorau i fwydo ar y fron. Mae'n bosib bod eich pigyrnau wedi chwyddo, ac olion ymestyn ar eich stumog, cluniau neu fronnau. Efallai y byddwch chi'n teimlo nad yw eich gwain mor 'dynn' ag yr oedd o'r blaen.

Mae'r holl newidiadau hyn yn naturiol ac yn normal, ond gall fod yn anodd dod i arfer â nhw. Mae'n deimlad rhyfedd iawn edrych i lawr a methu adnabod eich corff eich hun, er ei fod yn deimlad a allai fod yn gyfarwydd i chi ers i'ch bwmp ddechrau ymddangos.

Pwysau Selebs

Roedd adroddiad yn 2014 ar gyfer Swyddfa Cydraddoldebau'r Llywodraeth yn tynnu sylw at natur hynod niweidiol delweddau cyson yn y cyfryngau yn canmol mamau seleb sy'n ôl yn gwisgo jîns maint 8 ychydig wythnosau ar ôl rhoi genedigaeth. Mae'r awduron Susie Orbach a Holli Rubin yn sôn bod y delweddau hyn yn symud ffocws y cyfnod ôl-enedigol i ffwrdd o fam a babi yn dod i adnabod ei gilydd a dod o hyd i rythm ar y cyd. Yn hytrach, mae yna awgrym clir mai gwaith mam yw rhoi'r argraff nad yw profiad sy'n newid bywyd, a phrofiad sy'n newid corff, sef union natur cael babi, erioed wedi digwydd iddi hi. Mae angen cefnogi'r cyfnod tyngedfennol hwn, lle mae bywyd newydd a'r fam newydd yn plethu cwlwm cain a gwerthfawr, er mwyn sicrhau'r canlyniadau gorau i'r fam a'r babi.

Mae'n werth ailadrodd hyn sawl gwaith: dydy selebs ddim yn fodelau rôl realistig. Os oes gennych chi nani dydd amser llawn, nani nos, hyfforddwr personol, cogydd, steilydd a champfa yn eich tŷ, fe allwch chi gymharu eich hun â seleb. Os nad yw hynny'n wir, fel yn achos y rhan fwyaf o fenywod, ymlaciwch. Mae yna bethau llawer pwysicach i chi boeni amdanyn nhw na maint bol Kim Kardashian o'i gymharu â'ch bol chi.

Nid bod hyn yn dibrisio edrych yn dda. Mae gofalu am eich hun yn bwysig ar adeg o newid fel hyn. Gall fod yn ffordd o wneud rhywbeth er eich mwyn chi, gan adfer eich gafael ar ychydig o'ch diwrnod i chi a neb arall. Os oedd defnyddio eli corff ac eillio'ch coesau a gwneud eich gwallt yn bwysig i chi cyn i chi feichiogi, mae'n debyg y byddan nhw'n bwysig i chi nawr hefyd. (Neu mae'n bosib eich bod chi'n berffaith fodlon yn lolian yn eich pyjamas drwy'r dydd – os felly, ewch amdani.) Agwedd bwysicaf hunan-ddelwedd ar ôl geni yw gwneud pethau sy'n teimlo'n dda er eich mwyn chi, nid er mwyn eich partner ac nid er mwyn dilyn esiampl rhyw seleb.

Colli pwysau mewn ffordd ddiogel

Mae'n cymryd naw mis i dyfu babi, a'r farn gyffredin yw ei bod hi'n cymryd naw mis arall i'ch corff ddychwelyd i normal. Mae pawb yn wahanol. Bydd rhai menywod yn sylwi eu bod nhw'n colli pwysau yn naturiol ac yn gyflym. Mae'n anoddach i eraill gael ei wared. Yn ôl un astudiaeth yn Awstralia, gwelwyd bod anfodlonrwydd â'ch corff i'w weld ar ei waethaf tua chwe mis ar ôl i chi eni; efallai mai dyma pryd mae pethau'n dechrau setlo i lawr a bod gennych chi amser i feddwl am golli pwysau.

Does dim llawer o waith ymchwil wedi'i wneud i'r dulliau gorau o golli pwysau yn sgil babi, er bod miloedd o bobl yn honni eu bod nhw'n gwybod y gyfrinach. Mae angen gochel rhag unrhyw ddeiet ffasiynol a rhaglenni ymarfer corff. O ran ymarfer corff, meddyliwch am wneud rhywbeth rydych chi'n ei fwynhau – os ydych chi'n ceisio cadw at raglen ymarfer amhosib a chithau'n casáu'r gampfa ac yn methu gadael eich babi beth bynnag, mae hynny'n rysáit ar gyfer methu. Yn ôl adolygiad yn 2014 o'r llenyddiaeth a oedd ar gael, y ffordd fwyaf effeithiol o golli pwysau babi oedd cyfuniad o ddeiet synhwyrol ac ymarfer corff, felly ceisiwch gymysgu'r ddau beth.

Pryd galla i wneud ymarfer corff eto?

Bydd hyn yn dibynnu ar sawl ffactor amrywiol – pa mor ffit oeddech chi cyn ac yn ystod eich beichiogrwydd, y math o enedigaeth gawsoch chi a rhywbeth mor syml â sut ydych chi'n teimlo. Rydyn ni i gyd wedi clywed straeon am athletwyr a oedd yn ôl ar y felin draed o fewn wythnos, ond nid dyna brofiad y rhan fwyaf o ferched. Fe fydd y rhan fwyaf o feddygon yn argymell aros tua chwe wythnos cyn ailddechrau gwneud ymarfer corff. Mae hyn er mwyn rhoi amser i'r groth gyfangu a dychwelyd i'w maint arferol ac i gymalau a gewynnau'r pelfis, sydd wedi'u llacio gan feichiogrwydd, ddychwelyd i sut roedden nhw.

Yn y cyfamser, serch hynny, gwnewch yn siŵr eich bod chi'n dal ati i fynd allan. Mae ymarfer corff wedi'i gysylltu â hwyliau gwell ymhlith cleifion ag iselder, ac mae mynd allan am dro yn gwneud lles i'r pen yn ogystal â'r corff. Ewch yn ôl ar eich beic os oeddech chi'n arfer beicio cyn beichiogi. Mae hefyd yn werth cadw llygad am ddosbarth ymarfer corff ôl-enedigol lle gallwch chi fynd â'ch babi. Gwnewch yn siŵr eich bod chi'n cael cydsyniad eich meddyg cyn ailafael mewn unrhyw fath o raglen ymarfer corff yn y misoedd cyntaf ar ôl geni, yn enwedig os yw'n ymarfer newydd neu os yw'n golygu rhoi llawer o straen ar eich abdomen.

Pryd mae'n ddiogel i fi fynd ar ddeiet eto?

Os ydych chi'n bwydo ar y fron, siaradwch â'ch meddyg neu'ch bydwraig cyn dechrau unrhyw fath o ddeiet. Yr argymhelliad cyffredinol yw na ddylech chi ddechrau deiet wrth fwydo ar y fron, gan fod angen calorïau ychwanegol arnoch i gynhyrchu llaeth ac i gadw'n iach ac yn egnïol eich hun. Serch hynny, mae rhai menywod yn gweld bod bwydo ar y fron yn eu helpu i golli'r pwysau a fagwyd yn ystod beichiogrwydd.

Efallai na fydd angen i chi fynd ar ddeiet o gwbl – dim ond cymryd eich amser, bwyta deiet iach a chytbwys ac aros yn egnïol. Mae deiet iach a chytbwys yn golygu peidio â bwyta gormod o fwydydd llawn braster a siwgr, ac amrywiaeth eang o gynnwys y prif grwpiau bwyd:

- reis, tatws, pasta a bwydydd startsh eraill
- ffrwythau a llysiau
- llaeth a chynnyrch llaeth arall
- cig, pysgod, wyau, ffa a ffynonellau protein eraill nad ydyn nhw'n gynnyrch llaeth.

Os ydych chi'n penderfynu mynd ar ddeiet, mae'n werth osgoi unrhyw ddeiet ffasiynol – dydy'r rhain ddim yn dda iawn am eich helpu i golli pwysau yn y tymor hir. Sefydlu arferion bwyta ac ymarfer corff buddiol yw'r gyfrinach i golli pwysau iach. Peidiwch â digalonni wrth glywed straeon am fenywod eraill sy'n gwisgo jîns maint 8 yr wythnos ar ôl iddyn nhw roi genedigaeth. Mae metabolaeth pawb yn wahanol. Fel mam newydd, mae dal eich pen uwchben y dŵr yn hen ddigon o straen. Peidiwch â gadael i'ch pwysau ddod yn broblem.

Dygymod â'ch corff newydd

Mae dod yn fam yn ymwneud â derbyn newid a sylweddoli nad yw pethau byth yn mynd i fod fel oedden nhw. Dydy hynny ddim o reidrwydd yn beth gwael, ac mae'n berthnasol i'ch corff hefyd. Fe allwch chi geisio esgus na wnaethoch chi eni babi o gwbl a threulio'r tair blynedd nesaf yn ceisio dileu olion ymestyn, cynilo ar gyfer llawdriniaeth gosmetig ar eich bronnau a/neu eich stumog, treulio chwe awr yr wythnos ar felin draed neu fwyta dim byd ond tofu. Mae ymyriadau cosmetig wedi cynnig ffyrdd i ni droi'r cloc yn ôl, am bris. Mae'n wirion esgus nad yw'r opsiynau hyn yn bodoli. Mae'n bosib y byddan nhw'n gweithio i chi. Ond y gwir plaen yw mai oedi'r anochel maen nhw – wedi'r cyfan, mae eich corff yn mynd i newid wrth iddo fynd yn hŷn ac, oni bai mai Madonna ydych chi, does dim llawer gallwch chi ei wneud ynglŷn â hynny. Mae'r newidiadau corfforol ynghlwm wrth ddod yn fam yn rhan o fywyd.

Dwi wedi clywed menywod yn cyfiawnhau llawdriniaeth gosmetig ar ôl geni fel ffordd o deimlo'n dda amdanyn nhw'u hunain. Os oes angen llawdriniaeth eithafol o dan anesthetig arnoch chi i deimlo'n dda amdanoch chi'ch hun ar ôl geni, mae'n bosib nad ydych chi wedi llwyddo i ddatrys ambell bryder sylfaenol ynglŷn â dod yn fam. Mae yna ffyrdd haws, mwy diogel a rhatach o deimlo'n dda amdanoch chi'ch hun, a'r orau ohonyn nhw yw gwella eich hunan-ddelwedd. Mae angen trin eich meddwl cyn cael triniaeth ar eich corff. Rhowch gynnig ar y ffyrdd canlynol o ddygymod â'ch siâp newydd:

- Peidiwch â phrynu dillad faint yn llai yn y gobaith y byddan nhw'n eich ffitio chi, a pheidiwch â dal eich gafael ar jîns oedd gennych chi cyn i chi feichiogi. Y cyfan fyddwch chi'n ei wneud fydd gwahodd siom. Yn lle hynny, pam na brynwch chi ddillad rhad faint yn fwy na'ch maint arferol? Fe fyddan nhw'n gwneud y tro yn iawn nes eich bod chi'n barod i ystyried a ydych chi eisiau colli pwysau ai peidio.
- Peidiwch â chymharu eich hun â menywod eraill. Mae pawb yn wahanol. Dydy selebs ddim yn esiampl realistig.
- Gwnewch bethau sy'n ymwneud â sut mae'ch corff yn teimlo, nid sut mae'n edrych. Gofynnwch i'ch partner ofalu am y babi tra byddwch chi'n socian mewn bath llawn swigod. Prynwch eli corff hyfryd i chi'ch hun. Ewch i'r siop trin gwallt neu gwnewch apwyntiad tylino'r corff.
- Os yw siâp eich corff wedi newid cryn dipyn, trefnwch ymgynghoriad gyda siopwr personol i ddod o hyd i'r dillad sy'n gweddu'n wych ar gyfer eich siâp newydd – mae'r rhan fwyaf o siopau adrannol mawr yn cynnig y gwasanaeth hwn bellach.
- Mesurwch eich hun pan fyddwch chi'n mynd i brynu bra newydd. Mae miloedd o fenywod yn gwisgo bra maint anghywir, ac fe wnewch chi synnu cymaint yn well mae eich bronnau yn teimlo ac yn edrych pan maen nhw mewn bra o'r maint cywir i chi.
- Pan fydd eich partner yn dweud ei fod nhw'n dal i'ch ffansïo ffansi chi a'ch bod chi'n edrych yn wych, credwch ef neu hi.
- Meddyliwch fwy am yr hyn mae eich corff yn gallu ei wneud, nid sut mae'n edrych. Fe wnaethoch chi dyfu eich plentyn a rhoi maeth iddo am naw mis. Erbyn hyn, eich corff, eich croen a'ch arogl chi sy'n tawelu'ch babi ac yn gwneud iddo deimlo'n ddiogel ac yn bwysig. Mae hynny'n beth anhygoel.

Delyth

Roeddwn i'n teimlo'n llawer mwy cadarnhaol am fy nghorff ar ôl cael plant. Roeddwn i wastad wedi meddwl y byddai fy mywyd yn llawer gwell pe bawn i'n pwyso llai ac yn edrych yn well. Yn sydyn, fe wnes i sylweddoli bod fy nghorff yn beth anhygoel, rhywbeth oedd yn gallu creu bywyd a rhoi maeth iddo fe. Sai'n becso am bethe fel olion ymestyn achos mae'r corff yn fap o'ch bywyd chi, yn arwydd o'r hyn rydych chi wedi'i gyflawni. Fe allwn i wneud y tro heb y stumog blonegog a'r lympiau annisgwyl yma ac acw, ond 'na fe, mae hynny'n rhan o'r drefn.

Chwarae rôl mam

Yn ystod fy nyddiau cynnar fel mam, roeddwn i wir yn teimlo fel pe bawn i'n chwarae rôl. Doeddwn i ddim yn siŵr o'r geiriau, neu lle dylwn i fod yn sefyll, neu a ddylwn i fod wedi cael fy newis i chwarae'r rôl o gwbl. Dwi'n dal i deimlo fel hynny weithiau. Mae'n bosib bod pawb yn teimlo hynny, ond ychydig sy'n fodlon cyfaddef.

Fel rydyn ni wedi'i drafod, mae yna bob math o ystyron sy'n gysylltiedig â'r gair 'mam': sanctaidd, doeth, amyneddgar, ffynhonnell pob doethineb a llawenydd, ac ati. Ac, am ryw reswm, rydyn ni'n dal ein gafael yn yr ystrydebau traddodiadol hyn ac yna'n cystwyo ein hunain os nad ydyn ni'n llwyddo i gydymffurfio â nhw. Wrth wylio mam newydd gyda'i babi, fe wnewch chi glywed pobl yn dweud, 'Mae hi'n fam wrth reddf.' Ond ydy mam wrth reddf yn bodoli mewn gwirionedd? Efallai nad yw'n ddim byd mwy na bod rhai menywod yn addasu'n well i fod yn famau nag eraill. Mae hynny'n wahanol iawn i'r syniad bod gan bob menyw rhyw gynneddf 'cynhenid' y tu mewn i ni i fod yn 'fam dda'. Dydw i ddim yn sôn am y gallu i fwydo a newid plentyn – mae unrhyw un yn gallu dysgu hynny. Dwi'n sôn am y teimladau eraill hynny – sut ydych chi'n teimlo am fod yn fam yn hytrach na gweithredoedd bod yn fam.

Y gwir amdani yw bod yna lawer o fenywod sydd ddim wir yn mwynhau 'bod yn fam' am y misoedd cyntaf. Bydd rhai ohonom yn casáu effaith enfawr y plentyn ar ein bywydau. Yn casáu'r nosweithiau di-gwsg, y cylch diddiwedd o fwydo a newid cewynnau. Ac yna rydyn ni'n beirniadu ein hunain am nad ydyn ni'n cydymffurfio â'r ystrydeb boblogaidd – felly does bosib fod hynny'n golygu ein bod ni'n 'famau gwael'?

Dydy hi erioed wedi bod yn haws credu eich bod chi'n 'fam wael'. Fuodd yna erioed gymaint o reolau i'w torri'n ddiarwybod, erioed gymaint o fân-ddefodau magu plant i'w diystyru ar ddamwain, erioed gymaint o lyfrau yn cynnwys technegau magu plant sy'n gwrthddweud ei gilydd yn llwyr, erioed gymaint o broblemau cymdeithasol sy'n 'fai ar rieni' (y fam, mewn geiriau eraill). Fuodd yna erioed gyfle o'r blaen i fam ansicr allu postio ei phroblem ar fforwm gwefan magu plant, a gweld 50 o ddieithriaid yn lladd arni yn syth bin. Meddyliwch am y fam-yng-nghyfraith honno sy'n mwmian rhywbeth am sut oedd pawb yn bwrw iddi yn ei dyddiau hi ac yn holi am gyngor nain – efallai bod ganddi bwynt!

Am ryw reswm, mae menywod na fyddai erioed wedi credu ystrydebau cymdeithasol syml yn dechrau poeni ar ôl iddyn nhw ddod yn famau. Mae delwedd y fam mor hen, mor gyfarwydd ac wedi'i gwreiddio i'r fath raddau ym mhob agwedd ar ein diwylliant fel nad yw hi'n anodd gweld pam. Rydyn ni'n dechrau cymharu ein hunain ag esiamplau amhosib. Rydyn ni'n meddwl yn ôl at ein mamau a'n neiniau a oedd yn rhoi'r argraff eu bod nhw'n neilltuo pob eiliad o'u bywydau i'w plant. Ydyn ni'n cyfeiliorni wrth fod eisiau dal gafael ar ein hunaniaethau? Dydw i ddim yn meddwl. Mae'n bosib bod yn fam a bod yn chi eich hun hefyd.

Catrin

Dwi'n diodde efo iselder ôl-enedigol ar hyn o bryd, a dwi'n siŵr nad ydy cael pawb o 'nghwmpas i'n canolbwyntio'n llwyr, mwya' sydyn, ar y ffaith 'mod i wedi dod yn fam, yn helpu. Dydw i ddim yn mwynhau cael fy labelu ar y gorau, ond mae pawb i'w weld wedi anghofio 'mod i hefyd yn newyddiadurwraig, yn rhedwraig, yn arddwr ... Canlyniad hynny yw nad ydw i byth yn cael seibiant o fod yn fam. Babis ydy'r unig destun sgwrs gan lawer iawn o ffrindiau a pherthnasau rŵan, ac alla i ddim diodde hynny. Mae 'na gymaint mwy yn digwydd yn fy mhen ac yn fy mywyd na chewynnau budr a bwydo nos! Dyna pam dwi'n dal i dderbyn gwaith. Mae'n flinedig, ond o leiaf mae'n chwa o normalrwydd, rywbeth bach i'm hatgoffa i fod mwy i fywyd na chanu grwndi i blentyn cwynfanllyd.

Yr un hen gân dwi'n ei chlywed gan bawb – mae'n rhaid 'mod i wedi mopio efo'r babi, mae'n siŵr yn methu cofio sut oedd bywyd hebddi, na fyddwn i'n ei newid hi am y byd rŵan. Ond y gwir ydy, dydw i ddim wedi teimlo dim un o'r pethau hyn, felly dwi'n cael ar argraff 'mod i'n colli allan ar rywbeth mae pawb arall wedi'i brofi. Yr unig adeg nad ydw i'n teimlo 'mod i'n fethiant ydy pan dwi'n rhydd o'r holl ddisgwyliadau yma. Mae pobl yn meddwl yn dda, ond maen nhw'n ddall i'r gwir, fod profiad pob mam yn amrywio'n sylweddol. Dydw i ddim yn perthyn i'r criw cynnes, mamol, dedwydd hwnnw, ac mae trio gorfod ymdopi efo disgwyliadau delwedd o'r fath yn straen rhyfeddol, yn enwedig pan dwi'n hen ddigon ymwybodol 'mod i'n cael trafferth.

Does dim byd o'i le ar fod eisiau dal ati i wneud pethau sy'n agos at eich calon. Mae'n bosib y bydd yn rhaid i chi newid sut neu gyda phwy rydych chi'n eu gwneud nhw, neu eu gwneud nhw'n llai aml. Ond peidiwch â theimlo bod yn rhaid i chi roi'r gorau i'ch dosbarth karate, er enghraifft, neu eich clwb llyfrau, neu benwythnosau i ffwrdd gyda'r merched, dim ond am eich bod chi'n fam erbyn hyn. Dyma'r pethau sy'n eich gwneud chi yn chi. Fe fydd dal ati i wneud y pethau hyn yn gofyn am ymdrech ychwanegol, ond mae'n werth y drafferth er mwyn dal gafael ar eich ymdeimlad o'ch hunan.

Trafodwch gyda'ch partner er mwyn sicrhau'r amser sydd ei angen arnoch. O'r dechrau'n deg, mae'n helpu i wneud yn glir fod gwaith mam yn waith amser llawn, ac y byddwch chi angen ychydig o amser i ffwrdd. Mae'r un mor bwysig i bartneriaid allu dal ati i wneud y pethau maen nhw'n eu mwynhau, felly penderfynwch ymysg eich gilydd pwy sy'n mynd i wneud beth a phryd. Mae'n bosib y bydd angen cyfaddawd o'r ddwy ochr, ond dyna hanfod partneriaeth gyfartal.

Delyth

Dwi'n ffaelu dioddef cael fy ngalw'n 'Mam', heblaw gan fy mhlant. Mae'n teimlo mor ddiystyriol, fel pe baech chi'n cael eich diffinio gan y ffaith bod 'da chi blant a dim byd arall. Casglwyr elusen yw'r rhai gwaethaf am wneud hyn – fel arfer, dwi'n berson eithaf tawel, ond mae rhywbeth am bobl 18 oed yn dweud 'Helo, Mam' sy'n gwneud i fi eisiau eu dyrnu nhw. Fel arfer, dwi'n eu hanwybyddu, ond yn ddiweddar daeth un ata i a dweud 'Haia, Mam!' ac fe wnes i gyfarth yn ôl arno fe, 'Sai'n fam i ti, paid â bod mor nawddoglyd.' Ond wnaeth e ddim gweld chwith o gwbl – dim ond cario 'mlaen i wenu! Gwnaeth hynny fi i eisiau ei ddyrnu e fwy fyth.

Babanod a ffrindiau

Ar ôl cael babi, rydych chi'n debygol o weld llai o'ch ffrindiau di-blant. Dydy hynny ddim yn golygu y byddwch chi'n eu colli nhw – mae'n fater o ymarferoldeb, dim mwy, dim llai. Ar ôl cael babi, mae'n debyg y gwelwch chi'r angen i wneud mwy o gynlluniau ymlaen llaw. Dydy hi ddim yn mynd i fod yn ymarferol i bobl daro heibio am ddiod sydyn, oherwydd bydd angen i chi roi'r babi yn ei wely. Mae'n bosib na fyddwch chi'n gallu derbyn gwahoddiadau munud olaf, oherwydd bod angen amser i drefnu gwarchodwr neu ofyn i'ch partner ddod adre yn gynnar. Dwi'n aml yn meddwl y dylen nhw ychwanegu dau barth amser newydd – 'amser babi' ac 'amser heb fabi'. Mae byw ar 'amser babi' yn golygu codi am chwech y bore, bod ar eich traed yn ystod y nos, gorfod rhoi popeth ar stop bum gwaith y dydd er mwyn bwydo a disgyn yn swrth ar y soffa tua saith y nos, os ydych chi'n lwcus, a gobeithio am ychydig oriau o lonydd cyn i'r crio ddechrau eto. Mae byw ar 'amser heb fabi' yn golygu gwneud beth fynnwch chi, pryd fynnwch chi, yn y bôn.

Peidiwch â disgwyl i ffrindiau wybod hyn yn awtomatig. Nes eich bod chi yn llygad y ddrycin, mae'n anodd iawn gwerthfawrogi sut gall 'amser babi' gipio'r awenau ar eich bywyd. Fe fydd rhai pobl yn sylweddoli bod eich amserlen wedi newid, gan ymateb yn ystyriol, ond fydd hynny ddim yn wir am bawb. Fe fydd angen ychydig o ail-addysgu tyner ar rai pobl. Mae'n bosib y byddwch chi'n colli cysylltiad â rhai o'ch ffrindiau di-blant. Mae bob amser yn drueni pan fydd ffrindiau'n tyfu ar wahân, ond mae'n naturiol i hynny ddigwydd. Fe allwch chi fod yn hollol sicr y byddwch chi'n dod o hyd i rai newydd.

Mwynhau eich rôl newydd

Os ydych chi'n unig heb ffrindiau a pherthnasau yn gefn i chi, rydych chi'n fwy tebygol o ddioddef o iselder ôl-enedigol. Felly dechreuwch feithrin rhwydweithiau cymorth. Os ydych chi wedi dioddef neu yn dal i ddioddef o iselder ôl-enedigol neu PTSD, gall gwneud hynny fod yn heriol iawn. Dydy pob mam ddim yn mwynhau grwpiau babanod a phlant bach, a dydy pawb ddim wedi mynychu dosbarthiadau cyn-geni a dod i adnabod darpar famau eraill cyn yr enedigaeth. Os oes gennych chi berthnasau sy'n byw yn agos i roi help llaw, gwych, ond allwch chi ddim disgwyl iddyn nhw gynnig helpu neu gadw cwmni i chi – mae llawer o neiniau bellach yn byw bywydau mor brysur a boddhaus â'u merched, a dydyn nhw ddim bob amser ar gael ar fyr rybudd. Fe fydd yna rai neiniau sydd ddim o reidrwydd eisiau gofalu am fabi.

Dechreuwch gyda chamau bach. Cofiwch, dydych chi ddim yn chwilio am ffrind gorau yma (ond os dewch chi o hyd i un, mae hynny'n wych). Rydych chi'n chwilio am bobl fel chi sydd â babanod bach, pobl sydd eisiau rhywun yn gwmni – mae mynd i'r parc am y pumed tro mewn wythnos yn llawer mwy o hwyl os oes gennych chi oedolion yn gwmni. Rhowch gynnig ar y syniadau hyn:

- Gofynnwch i'ch ymwelydd iechyd a oes unrhyw un arall yn yr ardal wedi cael babi yn ddiweddar ac, os felly, a fyddai'n eu holi i weld a hoffen nhw gwrdd. Pwy a ŵyr – efallai bod yna rywun o fewn tafliad carreg i chi.
- Rhowch gynnig ar grwpiau babanod a phlant bach. Mae'n bosib y cewch chi amser da, mae'n bosib na chewch chi, ond mae'n werth rhoi cynnig arni. Mae grwpiau sy'n cael

eu rhedeg neu eu goruchwylio gan ymwelydd iechyd yn tueddu i fod yn llai brawychus na grwpiau anffurfiol – fe fydd y goruchwyliwr yn gwneud yn siŵr eich bod chi'n teimlo wedi'ch cynnwys, yn enwedig os byddwch chi wedi sôn ymlaen llaw fod gennych chi iselder ôl-enedigol.

- Edrychwch pa ddosbarthiadau sydd ar gael yn eich ardal chi, fel nofio babanod, tylino babanod, ioga babanod neu gerddoriaeth babanod, neu ddosbarthiadau symud fel *Tumble Tots*. Mae'r rhain yn ffordd dda o fynd allan o'r tŷ os oes gennych chi iselder ôl-enedigol. Mae pawb yn canolbwyntio ar y gweithgaredd, felly does dim ots os nad ydych chi'n teimlo fel sgwrsio. Mae'r gweithgaredd ei hun yn rhoi rhywbeth i bawb siarad amdano. Mae gweithgaredd sy'n cael ei gynnal ar yr un pryd bob wythnos yn golygu y gallwch chi ddechrau creu patrwm a threfn, a all helpu i feithrin ymdeimlad o adfer eich bywyd go iawn. Gofynnwch i'ch ymwelydd iechyd neu'ch bydwraig beth sydd ar gael yn eich ardal chi.
- Edrychwch ar fforymau ac apiau rhieni i weld a oes unrhyw famau newydd eraill yn eich ardal. Os ydych chi'n cyfarfod â rhywun rydych chi wedi dod i'w hadnabod ar-lein am y tro cyntaf, gwnewch yn siŵr eich bod chi'n cymryd rhagofalon synhwyrol. Peidiwch â rhannu unrhyw wybodaeth bersonol ar-lein neu wrth gwrdd am y tro cyntaf, trefnwch gwrdd mewn man cyhoeddus fel caffi neu ganolfan chwarae meddal, gwnewch yn siŵr eich bod chi'n rhoi gwybod i rywun arall ble rydych chi'n mynd, a phwyswch ar eich greddf – os nad yw rhywbeth (neu rywun) yn 'teimlo' yn iawn, mae'n siŵr mai dyna sy'n wir.

Dychwelyd i'r gwaith ai peidio

Mae pryd i fynd yn ôl i'r gwaith, neu fynd yn ôl i'r gwaith o gwbl, ymhlith y pethau anoddaf i ddelio â nhw pan fyddwch chi'n dod yn fam. Fe fydd eich penderfyniad yn dibynnu ar eich sefyllfa ariannol, eich sefyllfa bersonol (er enghraifft, os ydych chi'n fam sengl efallai nad oes gennych chi ddewis ynghylch gweithio ai peidio) a sut rydych chi'n teimlo am fod yn fam sy'n gweithio. Mae rhai menywod yn penderfynu rhoi'r gorau i waith a dod yn famau amser llawn. Mae rhai yn penderfynu dychwelyd i waith amser llawn neu i weithio'n rhan-amser. Mae rhai yn penderfynu mynd i gyfeiriad gwahanol ac ailhyfforddi i weithio mewn meysydd mwy cyfeillgar i blant neu hyd yn oed yn dechrau eu busnesau eu hunain. Yn yr un modd, mae rhai tadau yn penderfynu dod yn dadau aros gartref, neu'n ailhyfforddi neu'n newid i weithio'n rhan-amser.

Beth bynnag fo'ch dewis, ceisiwch beidio â gadael i straeon gwae neu euogrwydd effeithio ar eich penderfyniad. Peidiwch â choelio'r penawdau – dwi wedi gweld mamau sy'n gweithio yn cael eu beio am bopeth o droseddau ieuenctid i ddiweithdra, ac, yn yr un modd, dwi wedi gweld mamau sy'n aros gartref yn cael eu beio am fod yn 'esiampl ddrwg' i'w plant. (Mae'n ddiddorol nodi, serch hynny, nad ydw i erioed wedi gweld darn yn beio tadau sy'n gweithio neu dadau sy'n aros gartref.) Beth bynnag wnewch chi, yn anffodus, rydych chi'n debygol o gael pobl yn dweud eich bod chi'n gwneud y peth anghywir. Mae'n ymddangos bod bai yn rhan anochel o fod yn fam, beth bynnag dewiswch chi ei wneud, felly mae'n well anwybyddu'r rhai sy'n ceisio tanseilio eich dewisiadau yn llwyr, a gwneud yr hyn sy'n iawn i chi a'ch teulu.

Os ydych chi'n bwriadu dychwelyd i fyd gwaith:

- Gwnewch yn siŵr eich bod chi'n gwybod beth yw eich hawliau. O dan ddeddfwriaeth newydd y Deyrnas Unedig, mae hawl gan bob rhiant sydd â phlentyn o dan chwe blwydd oed neu blentyn anabl o dan 18 oed i holi i'w cyflogwr ystyried cais i weithio'n hyblyg. Fe allai'r diffiniad o 'hyblyg' gynnwys oriau gwaith gwahanol neu lai o oriau gwaith, yr hawl i weithio gartref neu rannu swydd.
- Gwnewch yn siŵr fod gennych chi ofal plant sy'n gweddu i'ch swydd. Mae gwarchodwyr plant yn tueddu i fod yn fwy hyblyg na meithrinfeydd, sydd ag oriau penodol iawn. Fodd bynnag, anfantais hynny yw nad oes gennych chi unrhyw drefniadau eraill ar gael os yw eich gwarchodwr yn sâl neu'n methu gweithio am ryw reswm arall. Cymerwch eich amser i ddod o hyd i ofal plant addas. Cysylltwch â'ch awdurdod lleol i gael rhestrau o warchodwyr cymwys ar gofrestr Ofsted a manylion meithrinfeydd lleol. Fe allwch chi ddod o hyd i *au pair* neu nani amser llawn a rhan-amser drwy asiantaethau lleol – mae rhannu nani gyda ffrindiau hefyd yn ddewis poblogaidd. Dylai pob un o'r darparwyr hyn fod yn hapus i gyfarfod â chi a'ch plentyn cynifer o weithiau ag y dymunwch chi ac ateb unrhyw gwestiynau sydd

gennych chi. Mae angen i chi bwyso ar eich greddf wrth ddewis gofal plant – os nad yw rhywbeth yn teimlo'n iawn, mae'n debyg nad yw'n iawn i chi.

- Byddwch yn drefnus. Mae jyglo gwaith a phlant yn her ond dydy o ddim yn amhosib. Penderfynwch gyda'ch partner pwy sy'n mynd i wneud beth o gwmpas y tŷ a phwy sy'n gyfrifol am y cludo a'r casglu. Dewch i arfer â pharatoi pecynnau bwyd a bagiau ac ati y noson gynt er mwyn osgoi gorfod rhedeg o gwmpas fel peth gwyllt yn y bore. Ac mae'n bwysig meddwl am ffyrdd bach hawdd o arbed amser, fel siopa ar-lein.

Delyth

Roeddwn i eisiau gwneud rhywbeth mwy ystyrlon, a dyna'n rhannol pam gwnes i ailhyfforddi fel anogwr. Dwi'n mesur gwaith yn nhermau amser i ffwrdd oddi wrth fy mhlant, a dwi'n llawer anoddach fy mhlesio o ran y pethau dwi'n cytuno i'w gwneud. Dwi wedi gwneud pob math o swyddi diddorol ac wedi cwrdd â llawer o bobl ddiddorol, ond yr unig swydd sydd wedi gwneud argraff ar y plant yw fy nghyfnod fel cynorthwyydd siop yn y Disney Store.

Os ydych chi'n bwriadu aros gartref:

- Penderfynwch gyda'ch partner pwy sy'n mynd i fod yn gyfrifol am beth. Mae'n bosib eich bod chi'n hapus i ymgymryd â mwy o'r gwaith tŷ a'r 'gweinyddu' teuluol os ydych chi'n aros gartref; ond mae gofalu am fabi, yn enwedig yn ystod y flwyddyn gyntaf, yn gallu llyncu'ch amser i gyd. Gall teimlo'ch bod yn cario gormod o'r baich arwain at ddrwgdeimlad, felly gwnewch yn siŵr eich bod chi'n hapus gyda'r hyn rydych chi'n ei benderfynu.
- Ewch ati i ddatblygu rhwydweithiau cymdeithasol, fel sydd wedi ei grybwyll eisoes. Mae'n bwysig cael digon o bethau i'w gwneud gyda'ch babi er mwyn osgoi teimlo'n ynysig.
- Ewch ati i greu patrwm a threfn i chi'ch hun a'ch babi. Mae hyn yn arbennig o fuddiol yn y misoedd cynnar hynny pan mae'n teimlo nad ydych chi'n gwneud dim byd ond bwydo a newid. Fe allai fod yn rhywbeth mor syml â gofalu eich bod chi'n mynd allan o'r tŷ bob prynhawn, neu gofrestru ar gyfer dosbarthiadau, neu gyfarfod yn nhŷ ffrind ar brynhawn rheolaidd bob wythnos.
- Gwnewch yn siŵr nad ydych chi'n esgeuluso'r pethau rydych chi'n mwynhau eu gwneud. Dydy aros gartref ddim yn golygu gofalu am eich plentyn 24 awr y dydd,

saith diwrnod yr wythnos, 365 diwrnod y flwyddyn. Mae angen i chi drefnu amser rhydd i chi'ch hun – mae bod yn fam yn waith amser llawn, ac fel unrhyw weithiwr arall, mae amser personol yn hollbwysig.

Byddwch yn falch ohonoch chi eich hun

Mae tyfu i mewn i'ch rôl newydd fel mam yn cymryd amser. Sut bynnag fyddwch chi'n dewis ymdrin â'r dyfodol gyda'ch plentyn, mae'n bwysig i chi ddeall bod beth bynnag wnewch chi yn iawn. Mae'n rhaid ei fod o, oherwydd mae'n teimlo'n iawn i chi a'ch teulu. Parchwch eich hun a'ch rôl newydd.

Fe ofynnodd rhywun i fi unwaith a oeddwn i wedi colli fy hunaniaeth ar ôl cael fy mab. Na, wnes i ddim colli fy hunaniaeth. Ond fe wnes i ei gadw o'r neilltu yng nghefn fy nghwpwrdd dillad. Weithiau, dwi'n mwynhau ei dynnu allan ac edrych arno bob yn hyn a hyn. Ond mae fy hunaniaeth newydd i'n fy ngweddu yn reit dda.

Liwsi

Mae'n bwysig iawn i fi fod yn fam dda. Dwi eisiau i'n merch allu edrych yn ôl ar ei phlentyndod a'i gofio fel amser hapus. Heb os, dyna'r peth pwysicaf yn fy mywyd i ar hyn o bryd. Cyn geni fy merch, y cyfan gallwn i ei weld oedd yr aberth oedd ei angen er mwyn gwneud lle i blentyn. Rŵan, dwi'n canolbwyntio ar roi cartref iddi lle mae hi'n gwybod y bydd hi bob amser yn derbyn cariad, gofal a pharch gan ei rhieni.

Ôl-nodyn: Symud ymlaen

Mae gwella o PTSD neu iselder ôl-enedigol yn daith hir. Gall teithio ar hyd y ffordd honno olygu cwnsela, gwrthiselyddion neu'r ddau. Mae'n bosib y bydd angen i chi ddilyn gwyriad oddi ar y ffordd a dilyn llwybrau nad oeddech chi erioed hyd yn oed yn gwybod eu bod yn bodoli, neu lwybrau roeddech chi wedi eu hen ddileu o'ch map meddyliol. A chithau nawr wedi darllen y llyfr hwn, dwi'n gobeithio y byddwch chi'n teimlo'n llai unig ar eich taith. Mae bod yn argyhoeddedig mai chi yw'r unig berson yn y byd sydd erioed wedi cael teimladau negyddol am fod yn fam yn beth cyffredin iawn. Bydd sylweddoli bod llawer o bobl eraill wedi teimlo ac yn dal i deimlo'r un ffordd â chi yn gysur mawr.

Efallai nad yw'n ymddangos felly ar hyn o bryd, ond fe fydd bywyd yn dychwelyd i'w drefn arferol – neu mor arferol ag y gall fod gyda pherson bach newydd yn eich bywyd. Os ydych chi'n dod o hyd i'r help sydd ei angen arnoch, beth bynnag y bo, fe allwch chi ddechrau mwynhau'ch babi a'ch bywyd teuluol newydd. Fe wnewch chi ddod i ddygymod â'r hyn a ddigwyddodd i chi. Dydy hynny ddim yn golygu anghofio amdano neu geisio esgus na wnaeth o ddigwydd. Mae'r profiadau hynny'n rhan o'ch bywyd bellach, ond does dim rhaid iddyn nhw reoli eich bywyd. Mae'n bosib edrych yn ôl a dweud, 'Oedd, mi oedd hynny'n ofnadwy, ond mi alla i ddelio efo'r peth rŵan. Mi alla i symud ymlaen.'

I rai, mae symud ymlaen yn golygu cael babi arall. Mae eraill yn penderfynu bod eu teulu yn gyflawn gydag un plentyn. Beth bynnag fo'ch penderfyniad, cofiwch hyn: er bod cael iselder ôl-enedigol unwaith yn ei gwneud hi'n fwy tebygol y byddwch chi'n ei gael eto, dydy hynny ddim yn sicr o ddigwydd, ac fe fyddwch chi'n llawer mwy parod yr ail dro.

Ble bynnag yr ewch chi ar eich taith, beth bynnag fyddwch chi'n ei ddarganfod ar y ffordd, pa lawenydd a thristwch bynnag fydd yn cadw cwmni i chi, dwi'n gobeithio bod y llyfr hwn wedi helpu. Mae'n daith anodd ond mae'r gwobrau'n enfawr. Rydych chi'n gwneud gwaith gwych. Rydych chi'n fam. Felly rydych chi'n anhygoel. Pob lwc.

Delyth

Mae gan rai pobl fwy o barch tuag ata i oherwydd eu bod nhw'n gallu gweld fy mod i'n gwneud swydd anodd yn dda. Ar ben hynny, mae dod yn fam wedi fy ngwneud i'n berson gwell, a dwi'n credu bod hyn yn effeithio ar sut mae eraill yn fy ngweld i. Ond sai'n siŵr chwaith – yn y pen draw, sai'n becso dim beth mae pobl eraill yn ei feddwl ohona i. Dyna anrheg arall mae fy mhlant wedi'i roi i fi – y dewrder i fod yn driw i fi fy hun a pheidio â becso'r un iot beth mae gweddill y byd yn ei feddwl.

Cysylltiadau defnyddiol

Sylwch nad ydw i wedi cynnwys manylion therapyddion nac anogwyr unigol. Mae gwefannau sefydliadau fel British Association for Counselling and Psychotherapy a'r British Psychological Society yn darparu cyfleuster i chwilio am ymarferydd cofrestredig, ac maen nhw hefyd yn darparu gwybodaeth am sut i ddod o hyd i therapydd. Rwy'n argymell yn gryf eich bod chi'n mynd drwy'r sianeli hyn i ddod o hyd i'r therapydd iawn i chi.

Association for Improvements in the Maternity Services (AIMS)
1 Carlton Close
Camberley
Surrey GU15 1DS
Ffôn: 0300 365 0663

Gwefan: www.aims.org.uk
Cyngor: helpline@aims.org.uk
Gwefan (Iwerddon): www.aimsireland.com
Cyngor (Iwerddon): info@aimsireland.com
Mae AIMS yn sefydliad sy'n ymgyrchu dros well dewisiadau genedigaeth.
Mae *AIMS Journal* yn ffynhonnell gwybodaeth wych am faterion mamolaeth.

Association for Post-Natal Illness (APNI)
145 Dawes Road
Fulham
Llundain SW6 7EB

Llinell gymorth: 020 7386 0868 (10 a.m. i 2 p.m., dydd Llun i ddydd Gwener)
Gwefan: https://apni.org (yn cynnwys sgwrsfot ar-lein)
Mae'r elusen gofrestredig APNI yn darparu taflenni gwybodaeth i'r rhai sy'n profi salwch ôl-enedigol ac i weithwyr gofal iechyd proffesiynol. Mae gan yr elusen rwydwaith o wirfoddolwyr (dros y ffôn a drwy'r post) sydd â phrofiad personol o salwch ôl-enedigol.

Australasian Birth Trauma Association (ABTA)
Blwch Post 3250
Norman Park QLD 4170

Ffôn: 0412 445 770
Gwefan: www.birthtrauma.org.au
Cyngor: Support@birthtrauma.org.au
Sefydlwyd yr elusen hon yn Awstralia yn 2016 i gefnogi menywod a'u teuluoedd sy'n dioddef trawma corfforol a/neu seicolegol ar ôl genedigaeth o ganlyniad i'r broses eni. Mae hefyd yn cynnig addysg a chymorth i weithwyr iechyd proffesiynol sy'n gweithio gyda menywod cynenedigol ac ôl-enedigol.

Birthrights
Gwefan: www.birthrights.org.uk
Cyngor: advice@birthrights.org.uk
X: @birthrightsorg
Birthrights yw'r unig sefydliad yn y Deyrnas Unedig sydd wedi ymroi i wella profiad menywod o feichiogrwydd a geni plant drwy hyrwyddo parch at hawliau dynol.

The British Association for Counselling and Psychotherapy (BACP)
15 St John's Business Park
Lutterworth
Swydd Gaerlŷr LE17 4HB

Ffôn: 01455 883300
Gwefan: www.bacp.co.uk
Mae'r BACP yn gorff proffesiynol i gwnselwyr a seicotherapyddion yn y Deyrnas Unedig. Gallwch chwilio'r gronfa ddata o therapyddion cofrestredig yn ôl ardal a phwnc arbenigol – darllenwch yr adran am ddod o hyd i'r therapydd iawn er mwyn cael gwybodaeth am sut i ddod o hyd i ymarferydd achrededig sy'n addas i chi.

The British Psychological Society (BPS)
St Andrew's House
48 Princess Road East
Caerlŷr LE1 7DR

Ffôn: 0116 254 9568
Gwefan: www.bps.org.uk neu www.bps.org.uk/member-networks/welsh-branch
Gallwch ddefnyddio'r tudalennau ar ddod o hyd i seicolegydd ar y wefan i ganfod ymarferwyr sy'n arbenigo mewn PTSD neu iselder ôl-enedigol yn eich ardal chi, a sicrhau eu bod wedi'u cofrestru.

The British Trauma Association (BTA)
E-bost: support@birthtraumaassociation.org.uk
Gwefan: https://birthtraumaassociation.org
Mae'r BTA yn cefnogi'r holl fenywod sydd wedi cael profiad geni trawmatig. Mae'r wefan yn cynnwys straeon geni, gwybodaeth am drawma geni, rhestr ddarllen a manylion am gwnselwyr sy'n arbenigo mewn trawma geni.

EMDR y Deyrnas Unedig ac Iwerddon
Blwch Post 3356
Swindon SN2 9EE

Gwefan: https://emdrassociation.org.uk neu https://emdrassociation.org.uk/Group/wales/
Ymholiadau: info@emdrassociation.org.uk
Mae'r wefan yn cynnwys cyfeiriadur y gellir ei chwilio am therapyddion achrededig.

Family Lives
15–17 The Broadway
Hatfield
Swydd Hertford AL9 5HZ

Llinell gymorth: 0808 800 2222
Gwefan: www.familylives.org.uk
Elusen genedlaethol yw Family Lives sy'n ymroi i helpu mamau a thadau ym mhob agwedd ar rianta. Mae gan y wefan lawer o wybodaeth a chyngor defnyddiol.

Fathers Reaching Out
Gwefan: www.reachingoutpmh.co.uk
E-bost: info@reachingoutpmh.co.uk
X: @markwilliamsFMH
Mae'r sylfaenydd, Mark Williams, yn ymgyrchu dros well cefnogaeth i iechyd meddwl tadau.

Inspire
Swyddfa Ganolog
Lombard House
10–20 Lombard Street
Belfast BT1 1RD

Gwefan: www.inspirewellbeing.org
Inspire yw'r brif elusen iechyd meddwl a llesiant yng Ngogledd Iwerddon, a'i nod yw helpu unrhyw un ag unrhyw fath o salwch meddwl, gan gynnwys iselder ôl-enedigol.

The Lullaby Trust
Audley House
13 Palace Street
Llundain SW1E 5HX

Gwefan: www.lullabytrust.org.uk
Cefnogaeth: 0808 802 6868
Gwybodaeth a chyngor: 0808 802 6869
Mae'r wefan hefyd yn darparu canllawiau ar gysgu mwy diogel i chi a'ch babi.

Meddwl
Gwefan: https://meddwl.org
Mae'r wefan hon yn lle i gael gwybodaeth, profiadau ac adnoddau iechyd meddwl – i gyd drwy gyfrwng y Gymraeg.

Melo
Gwefan: www.melo.cymru/cy
Gwybodaeth, cyngor ac adnoddau hunangymorth i'ch helpu i ofalu am eich iechyd meddwl a'ch lles.

Mind
Mind (Lloegr):
15–19 Broadway
Stratford
Llundain E15 4BQ

Gwefan: www.mind.org.uk neu www.mind.org.uk/cy/mind-cymru-cyngor-a-gwybodaeth-iechyd-meddwl/
Llinell wybodaeth Mind (llinell gyngor): 0300 123 3393
Instagram: @mindcymru
Mind yw'r brif elusen iechyd meddwl yng Nghymru a Lloegr, a'i nod yw helpu unrhyw un ag unrhyw fath o salwch meddwl, gan gynnwys iselder ôl-enedigol. Mae'n cynhyrchu amrywiaeth o lyfrynnau, gan gynnwys un ar iselder ôl-enedigol, ac mae arbenigwyr yn gweithio ar y llinell gyngor.

Mumsnet
Gwefan: www.mumsnet.com
Gwefan a ddefnyddir gan filoedd o rieni, i sgwrsio am bopeth dan haul, o frech cewyn i bolisïau addysg. Gall Mumsnet fod yn ffynhonnell cymorth wych i'r rhai sydd wedi dioddef trawma geni neu sydd ag iselder ôl-enedigol a'r rhai ei chael hi'n anodd ymaddasu i fod yn rhiant. Fel arfer, dydy'r sylwadau ddim wedi'u cymedroli, felly cofiwch efallai na fyddwch chi bob amser yn cael yr ymatebion rydych chi'n chwilio amdanyn nhw, ond yn gyffredinol, mae'r gymuned yn hynod gefnogol a chroesawgar. (Fodd bynnag, mae'n syniad da cadw i ffwrdd o'r fforwm 'Am I being unreasonable?' os ydych chi'n teimlo'n fregus, oherwydd gall y dadleuon ar y fforwm penodol hwn fod yn eithaf cryf).

Netmums
Gwefan: www.netmums.com
Mae Netmums, gwefan arall a ddefnyddir gan filoedd o rieni, yn cael ei chymedroli'n fwy na Mumsnet ond, eto, mae amrywiaeth helaeth o sgyrsiau ac mae'r gymuned yn gefnogol dros ben. Hefyd, mae gan Netmums ardal arbennig lle gall mamau drefnu cwrdd â'i gilydd.

Post Natal Illness
Gwefan: www.pni.org.uk
Mae'r wefan wybodaeth hon yn cael ei chynnal gan y rhai y mae salwch ôl-enedigol yn effeithio arnyn nhw a'r rhai sydd wedi dod drwyddi, ar gyfer pobl eraill sydd yn yr un sefyllfa.

Relate
Gwefan: www.relate.org.uk
Mae Relate yn cynnig cyngor, cwnsela ar berthnasoedd, therapi rhyw, gweithdai, cyfryngu, ymgynghoriadau a chymorth wyneb yn wyneb, dros y ffôn a drwy'r wefan. Gallwch ddod o hyd i'ch cangen agosaf a'i manylion cyswllt ar y wefan, yn ogystal â manylion am gyhoeddiadau Relate.

Y Samariaid
Llinell gymorth (24 awr): 116 123
Gwefan: www.samaritans.org neu www.samaritans.org/cymru/samaritans-cymru/
E-bost: jo@samaritans.org
Mae'r Samariaid yn darparu cymorth emosiynol cyfrinachol 24 awr y dydd i'r rhai sy'n profi anobaith, trallod neu deimladau hunanladdol.

The Scottish Association for Mental Health (SAMH)
Brunswick House
51 Wilson Street
Glasgow, G1 1UZ

Gwefan: www.samh.org.uk
SAMH yw'r brif elusen iechyd meddwl yn yr Alban, a'i nod yw helpu unrhyw un ag unrhyw fath o salwch meddwl, gan gynnwys iselder ôl-enedigol.

Trauma and Birth Stress (TABS)
Blwch Post 18002
Glen Innes
Auckland
Seland Newydd

Gwefan: www.tabs.org.nz
Mae gwefan y sefydliad hwn yn cynnwys llwyth o wybodaeth am PTSD, gan gynnwys yr ymchwil ddiweddaraf a straeon rhieni. Mae hefyd yn bwynt cyswllt i weithwyr proffesiynol sydd am ddod o hyd i bobl a allai fod yn barod i rannu eu profiadau at ddibenion ymchwil.

Triniaeth Deg i Fenywod Cymru (FTWW)
Gwefan: https://ftww.org.uk/cy/materion-iechyd/iechyd-meddwl-amenedigol/
Elusen yng Nghymru sy'n cael ei arwain gan gleifion ar gyfer tegwch iechyd i fenywod.

Twins and Multiple Births Association (TAMBA)
Manor House
Church Hill
Aldershot
Hampshire GU12 4JU

Llinell gyngor: 0800 138 0509 (bob dydd rhwng 10 a.m. ac 1 p.m. a rhwng 7 p.m. a 10 p.m.)
Gwefan: www.tamba.org.uk
Dyma adnodd gwych i rieni gefeilliaid neu fwy o blant, sy'n darparu gwybodaeth a rhwydweithiau cymorth.

Cyfeiriadau

1 Dod i delerau â genedigaeth drawmatig

Adewuya, A. O., Ologu, Y. A. ac Ibigbami, O. S., 'Post-traumatic stress disorder after childbirth in Nigerian women: prevalence and risk factors', *British Journal of Obstetrics and Gynaecology*, cyfrol 113 (2006), tud. 284–8.

'Administration of chloroform to Queen Victoria' [golygyddol], *The Lancet*, cyfrol 1 (1853), t. 452.

Allen, S., 'A qualitative analysis of the process, mediating variables and impact of traumatic childbirth', *Journal of Reproductive and Infant Psychology*, cyfrol 16 (1998), tud. 107–31.

American Psychiatric Association, Diagnostic and Statistical Manual of Mental Disorders (DSM III). American Psychiatric Association, Washington, DC, 1980.

American Psychiatric Association, Diagnostic and Statistical Manual of Mental Disorders, Fourth Edition, Text Revision (DSM-IV-TR). American Psychiatric Association, Washington, DC, 2000.

American Psychiatric Association, taflen ar PTSD DSM 5 ar gael yn <https://www.psychiatry.org/psychiatrists/practice/dsm/educational-resources/dsm-5-fact-sheets>

Antenatal and Postnatal Mental Health Guidelines: Clinical Management and Service Guidelines. Canllaw clinigol rhif 45 NICE. Y Sefydliad Cenedlaethol dros Ragoriaeth mewn Iechyd a Gofal, Llundain, 2007, <https://www.nice.org.uk/guidance/cg192/evidence/full-guideline-pdf-4840896925>.

Ayers, Susan, Wright, Daniel B. a Thornton, Alexandra, 'Development of a measure of postpartum PTSD: The City Birth Trauma Scale', *Frontiers in Psychiatry*, cyfrol 9 (2018); ar gael ar-lein: <https://www.frontiersin.org/articles/10.3389/fpsyt.2018.00409/full>

Beck, Cheryl Tatano, 'Birth trauma: in the eye of the beholder', *Nursing Research*, cyfrol 53 (2004), tud. 28–35.

Beck, Cheryl Tatano, 'Post-traumatic stress disorder due to childbirth: the aftermath', *Nursing Research*, cyfrol 53 (2004), tud. 216–24.

Creedy, Debra K., Shochet, Ian M. a Horsfall, Jan, 'Childbirth and the development of acute trauma symptoms: incidence and contributing factors', *Birth*, cyfrol 27 (2000), tud. 104–11.

Crompton, Judy, 'Post-traumatic stress disorder and childbirth', Auckland, Seland Newydd, 2000, <www.tabs.org.nz/pdfdocs/jrcrompton%20tabs.pdf>.

Czarnocka, J. a Slade, P., 'Prevalence and predictors of post-traumatic stress symptoms following childbirth', *British Journal of Clinical Psychology*, cyfrol 39 (2000), tud. 35–51.

Dick-Read, Grantly, *Childbirth without Fear: The Principles and Practice of Natural Childbirth*, 2nd edn. Pinter & Martin, Llundain, 2007.

Ellis, Richard H., ed., 'The case books of Dr John Snow', *Medical History Supplement*, Rhif 14 (1994), t. 271.

Gamble, Jenny, Creedy, Debra, Moyle, Wendy, Webster, Joan, McAllister, Margaret a Dickson, Paul, 'Effectiveness of a counseling intervention after a traumatic childbirth: a randomized controlled trial', *Birth*, cyfrol 32 (2005), tud. 11–19.

Lally, Joanne E., Murtagh, Madeleine J., Macphail, Sheila a Thomson, Richard G., 'More in hope than expectation: women's experience and

expectations of pain relief in labour: a review', *BMC Medicine*, cyfrol 6 (2008), t. 7.
Söderquist J., Wijma K. a Wijma B., 'Traumatic stress after childbirth: the role of obstetric variables', *Journal of Psychosomatic Obstetrics and Gynaecology*, cyfrol 23 (2002), tud. 31–9.
Soet, Johanna E., Brack, Gregory A. a DiIorio, Colleen, 'Prevalence and predictors of women's experience of psychological trauma during childbirth', *Birth*, cyfrol 30 (2003), tud. 36–46.
Yildiz, PD., Ayers, S., Phillips, L., 'The prevalence of posttraumatic stress disorder in pregnancy and after birth: a systematic review and metaanalysis', *Journal of Affective Disorders*, cyfrol 221 (2017), tud. 238–245.

2 Iselder ôl-enedigol a seicosis ôl-esgor

Arolwg 4 Child <https://www.nhs.uk/news/pregnancy-and-child/postnatal-depression-often-unreported/>
American Psychiatric Association, Diagnostic and Statistical Manual of Mental Disorders, Fourth Edition, Text Revision (DSM-IV-TR). American Psychiatric Association, Washington, DC, 2000.
Antenatal and Postnatal Mental Health Guidelines: Clinical Management and Service Guidelines. Canllaw clinigol rhif 45 NICE. Y Sefydliad Cenedlaethol dros Ragoriaeth mewn Iechyd a Gofal, Llundain, 2007, <www.nice.org.uk/nice media/pdf/CG045NICEGuidelineCorrected.pdf>.
Appleby L., Warner R., Whitton A. a Faragher, B., 'A controlled study of fluoxetine and cognitive-behavioural counselling in the treatment of postnatal depression', *BMJ*, cyfrol 314 (1997), tud. 932–6.
Beck, Cheryl Tatano, 'Postpartum depression: a metasynthesis', *Qualitative Health Research*, cyfrol 12 (2002), t. 453.
Boath, E., Bradley, E. a Henshaw, C., 'Women's views of antidepressants in the treatment of postnatal depression', *Journal of Psychosomatic Obstetrics and Gynaecology*, cyfrol 25 (2004), tud. 221–33.
Brimelow, Adam, 'Health visitor numbers "falling"', BBC Ar-lein, 23 Chwefror 2007, <news.bbc.co.uk/1/hi/health/6388397.stm>.
Dennis, C. L., Ross, L. E. a Herxheimer, A., 'Oestrogens and progestins for preventing and treating postpartum depression', *Cochrane Database of Systematic Reviews 1999*, Rhifyn 3, rhif erthygl CD001690, <www.cochrane.org/reviews/en/ab001690.html>.
Halbreich, Uriel a Karkun, Sandhya, 'Cross-cultural and social diversity of prevalence of postpartum depression and depressive symptoms', *Journal of Affective Disorders*, cyfrol 91 (2006), tud. 97–111.
Hall, P. L. a Wittkowski, A., 'An exploration of negative thoughts as a normal phenomenon after childbirth', *Journal of Midwifery and Women's Health*, cyfrol 51 (2006), tud. 321–30.
Hay, D. F. a Pawlby S., 'Prosocial development in relation to children's and mothers' psychological problems', *Child Development*, cyfrol 74 (2003), tud. 1314–27.
Hipwell, A. E., Murray, L., Ducournau, P. a Stein, A., 'The effects of maternal depression and parental conflict on children's peer play', *Child: Care, Health and Development*, cyfrol 31 (2005), tud. 11–23.
Kurstjens, Sophie a Wolke, Dieter, 'Effects of maternal depression on cognitive development of children over the first 7 years of life', *Journal of Child Psychology and Psychiatry*, cyfrol 42 (2001), tud. 623–36.

Milgrom, Jeannette, Negri, Lisa M., Gemmill, Alan W., McNeil, Margaret a Martin, Paul R., 'A randomized controlled trial of psychological interventions for postnatal depression', *British Journal of Clinical Psychology*, cyfrol 44 (2005), tud. 529–42.

Milgrom, Jeannette, Westley, Doreen T. a Gemmill, Alan W., 'The mediating role of maternal responsiveness in some longer term effects of postnatal depression on infant development', *Infant Behavior and Development*, cyfrol 27 (2004), tud. 443–54.

Misri, S., Reebye, P., Corral, M. a Mills, L., 'The use of paroxetine and cognitive-behavioural therapy in postpartum depression and anxiety: a randomized controlled trial', *Journal of Clinical Psychiatry*, cyfrol 65 (2004), tud. 1236–41.

O'Hara, M. W., Stuart, S., Gorman, L. L. a Wenzel, A., 'Efficacy of interpersonal psychotherapy for postpartum depression', *Archives of General Psychiatry*, cyfrol 57 (2000), tud. 1039–45.

'Postnatal depression soars, say midwives', press release from the Royal College of Midwifery, 30 Ebrill 2007, <https://www.who.int/mental_health/maternal-child/maternal_mental_health/en/>.

Reissland, Nadja, Hopkins, Brian, Helms, Peter a Williams, Bob, 'Maternal stress and depression and the lateralisation of infant cradling', *Journal of Child Psychology and Psychiatry*, 2007, <doi:10.1111/j.1469-7610.2007.01791.x>.

Robertson, Emma a Lyons, Antonia, 'Living with puerperal psychosis: a qualitative analysis', *Psychology and Psychotherapy: Theory, Research and Practice*, cyfrol 76 (2003), tud. 411–31.

Sefydliad Iechyd y Byd, *International Statistical Classification of Diseases and Related Health Problems*, 10fed diwygiad. Fersiwn ar gyfer 2007. Sefydliad Iechyd y Byd, Geneva, 2007, <www.who.int/classifications/apps/icd/icd10online/>.

Triggle, Nick, 'Postnatal mental care "lacking"', BBC Online, 18 Ebrill 2007, <news.bbc.co.uk/1/hi/health/6564293.stm>.

Wisner, Katherine L., Perel, James M., Peindl, Kathleen S., Hanusa, Barbara H., Findling, Robert L. a Rapport, D. J., 'Prevention of recurrent postpartum depression: a randomized clinical trial', *Journal of Clinical Psychiatry*, cyfrol 62 (2001), tud. 82–8.

Wisner, Katherine L., Perel, James M., Peindl, Kathleen S., Hanusa, Barbara H., Piontek, Catherine M. a Findling, Robert L., 'Prevention of postpartum depression: a pilot randomized clinical trial', *American Journal of Psychiatry*, cyfrol 161 (2004), tud. 1290–2.

'Written evidence from the Institute of Health Visiting to the parliamentary Health and Social Care Committee inquiry into the First 1000 Days of Life', adroddiad Institute of Health Visiting, 6 Medi 2018, <https://ihv.org.uk/news-and-views/news/ihv-publishes-submissionto-parliamentary-inquiry-into-the-first-1000-days-of-life/>.

3 Dysgu caru eich babi

Ainsworth, M., *Deprivation of Maternal Care: A Reassessment of its Effects*. Sefydliad Iechyd y Byd, Geneva, 1962.

Bellieni, C. V., Ceccarelli, D., Rossi, F., Buonocore, G., Maffei, M., Perrone, S. a Petraglia, F., 'Is prenatal bonding enhanced by prenatal education courses?' *Minerva Ginecologica*, cyfrol 59 (2007), tud. 125–9.

Bowlby, J., *Maternal Care and Mental Health*. Sefydliad Iechyd y Byd, Geneva, 1951.

Feldman, R., Weller, A., Zagoory-Sharon, O. a Levine, A., 'Level of oxytocin in pregnant women predicts mother–child bond', *Psychological Science*, cyfrol 18 (2007), tud. 965–70.

Klier, C. M., 'Mother–infant bonding disorders in patients with postnatal depression: The Postpartum Bonding Questionnaire in clinical practice', *Archives of Women's Mental Health*, cyfrol 9 (2006), tud. 289–91.

Kumar, R. C., '"Anybody's child": severe disorders of mother-to-infant bonding', *British Journal of Psychiatry*, cyfrol 171 (1997), tud. 175–81.

Moehler, E., Brunner, R., Wiebel, A., Reck, C. a Resch, F., 'Maternal depressive symptoms in the postnatal period are associated with long-term impairment of mother–child bonding', *Archives of Women's Mental Health*, cyfrol 9 (2006), tud. 273–8.

Righetti-Veltema, M., Bousquet, A. a Manzano, J., 'Impact of postpartum depressive symptoms on mother and her 18-month-old infant', *European Child and Adolescent Psychiatry*, cyfrol 12 (2003), tud. 75–83.

Rutter, Michael, 'Nature, nurture, and development: from evangelism through science toward policy and practice', *Child Development*, cyfrol 73 (2002), tud. 1–21.

Sluckin, A., '"My baby doesn't need me": understanding bonding failure', *Health Visitor*, cyfrol 66, tud. 409–12 (1993), 414.

Stern, N. B., 'Motherhood: the emotional awakening', *Journal of Pediatric Health Care*, cyfrol 13 (1999), tud. S8–12.

4 Materion teuluol

DiLillo, D. a Damashek, A., 'Parenting characteristics of women reporting a history of childhood sexual abuse', *Child Maltreatment*, cyfrol 8 (2003), tud. 319–33.

Doyle, Celia, 'Surviving and coping with emotional abuse in childhood', *Clinical Child Psychology and Psychiatry*, cyfrol 6 (2001), tud. 387–402.

Schuetze, P. ac Eiden, R. D., 'The relationship between sexual abuse during childhood and parenting outcomes: modeling direct and indirect pathways', *Child Abuse and Neglect*, cyfrol 29 (2005), tud. 645–59.

Susin, L. R., Giugliani, E. R. a Kummer, S. C., 'Influence of grandmothers on breastfeeding practices', *Revista de Sa·de P·blica*, cyfrol 39 (2005), tud. 141–7.

5 Tra bo tri: perthynas newydd â'ch partner

Alder, E. M., 'Sexual behaviour in pregnancy, after childbirth and during breast-feeding', *Baillières Clinical Obstetrics and Gynaecology*, cyfrol 3 (1989), tud. 805–21.

Barrett, G., Pendry, E., Peacock, J., Victor, C., Thakar, R. a Manyonda, I., 'Women's sexuality after childbirth: a pilot study', *Archives of Sexual Behavior*, cyfrol 28 (1999), tud. 179–91.

Barrett, G., Pendry, E., Peacock, J., Victor, C., Thakar, R. a Manyonda, I., 'Women's sexual health after childbirth', *British Journal of Obstetrics and Gynaecology*, cyfrol 107 (2000), tud. 186–95.

Davidson, Clare, 'Single women "do less housework"', BBC Ar-lein, 23 Chwefror 2007, <https://news.bbc.co.uk/1/hi/business/6382429.stm>.

Fägerskiöld, A., 'A change in life as experienced by first-time fathers', *Scandinavian Journal of Caring Sciences*, cyfrol 22 (2008), tud. 64–71.
Goldberg, W. A., Michaels, G. Y. a Lamb, M. E., 'Husbands' and wives' adjustment to pregnancy and first parenthood', *Journal of Family Issues*, cyfrol 6 (1985), tud. 483–503.
Henwood, K. a Procter, J., 'The "good father": reading men's accounts of paternal involvement during the transition to first-time fatherhood', *Social Psychology*, cyfrol 42 (2003), tud. 337–55.
Kluwer, Esther S. a Johnson, Matthew D., 'Conflict frequency and relationship quality across the transition to parenthood', *Journal of Marriage and Family*, cyfrol 69 (2007), t. 1089.
Lawrence, Erika, Rothman, Alexia D., Cobb, Rebecca J., Rothman, Michael T. a Bradbury, Thomas N., 'Marital satisfaction across the transition to parenthood', *Journal of Family Psychology*, cyfrol 22 (2008), tud. 41–50.
Morof, D., Barrett, G., Peacock, J., Victor, C. R. a Manyonda, I., 'Postnatal depression and sexual health after childbirth', *Obstetrics and Gynaecology*, cyfrol 102 (2003), tud. 1318–25.
Olin, R. M. a Faxelid, E., 'Parents' needs to talk about their experiences of childbirth', *Scandinavian Journal of Caring Sciences*, cyfrol 17 (2003), tud. 153–9.
O'Malley, D., Higgins, A., Begley, C., Daly, D. a Smith, V., 'Prevalence of and risk factors associated with sexual health issues in primiparous women at 6 and 12 months postpartum; a longitudinal prospective cohort study (the MAMMI study)', *BMC Pregnancy and Childbirth*, cyfrol 18 (2018), <https://bmcpregnancychildbirth.biomedcentral.com/articles/10.1186/s12884-018-1838-6>.
Paulson, James L, Dauber, Sarah, a Leiferman, Jenn A. 'Individual and Combined Effects of Postpartum Depression in Mothers and Fathers on Parenting Behavior', *Pediatrics*, cyfrol 118, rhifyn 2 (2006), tud. 659–68.
Pastore, L., Owens, A. a Raymond, C., 'Postpartum sexuality concerns among first-time parents from one U.S. academic hospital', *Journal of Sexual Medicine*, cyfrol 4 (2007), tud. 115–23.
Premberg, A., Hellström, A. L. a Berg, M., 'Experiences of the first year as father', *Scandinavian Journal of Caring Sciences*, cyfrol 22 (2008), tud. 56–63.
Rowland, M., Foxcroft, L., Hopman, W. M. a Patel, R., 'Breastfeeding and sexuality immediately post partum', *Canadian Family Physician*, cyfrol 51 (2005), tud. 1366–7.
Shapiro, A. F., Gottman, J. M. a Carrère, S., 'The baby and the marriage: identifying factors that buffer against decline in marital satisfaction after the first baby arrives', *Journal of Family Psychology*, cyfrol 14 (2000), tud. 59–70.
Woranitat, W. a Taneepanichskul, S., 'Sexual function during the postpartum period', *Journal of the Medical Association of Thailand*, cyfrol 90 (2007), tud. 1744–8.

6 Addasu i'r chi newydd

Amorim, A. R., Linne, Y. M. a Lourenco, P. M., 'Diet or exercise, or both, for weight reduction in women carrying excess weight after childbirth', *Cochrane Database of Systematic Reviews 2007*, Rhifyn 3, rhif erthygl CD005627, <www.cochrane.org/reviews/en/ab005627.html>.

Berger, A., Peragallo-Urrutia, R. a Nicholson, W., 'Systematic review of the effect of individual and combined nutrition and exercise interventions on weight, adiposity and metabolic outcomes after delivery: evidence for developing behavioural guidelines for postpartum weight control', *BMC Pregnancy and Childbirth*, cyfrol 14 (2014), <https://www.ncbi.nlm.nih.gov/pubmed/25208549>.

'New mums feel pressure to be slim', BBC Ar-lein, 3 Chwefror 2005, <https://news.bbc.co.uk/1/hi/health/4232009.stm>.

Orbach, S. a Rubin, H., 'Two for the price of one: the impact of body image during pregnancy and after birth', Swyddfa Cydraddoldebau'r Llywodraeth, 2014, <https://www.gov.uk/government/publications/two-for-the-price-of-one>.

Rallis, S., Skouteris, H., Wertheim, E. H. a Paxton, S. J., 'Predictors of body image during the first year postpartum: a prospective study', *Women's Health*, cyfrol 45 (2007), tud. 87–104.

Darllen pellach

Bruijn, Melissa a Gould, Debby, *How to Heal a Bad Birth: Making Sense, Making Peace and Moving On*. Birthtalk.org, 2017 [e-lyfr yn unig]. Canllaw tyner i fenywod sydd wedi profi genedigaeth anodd, siomedig neu drawmatig.

Cusk, Rachel, *A Life's Work: On Becoming a Mother*. Fourth Estate, Llundain, 2001. Myfyrdodau ar ochr dywyll mamolaeth.

Figes, Kate a Zimmerman, Jean, *Life after Birth: What Even Your Friends Won't Tell You about Motherhood*. St Martin's Press, Basingstoke, 2001. Chwalu'r camsyniadau sy'n gysylliedig â bod yn fam yn y byd sydd ohoni.

Griffiths, Alaw, *Gyrru drwy Storom*, Y Lolfa, Tal-y-bont, 2020. Cyfrol arloesol sy'n ymdrin â iechyd meddwl. Cyfraniadau gan Angharad Gwyn, Angharad Tomos, Alaw Griffiths, Bethan Jenkins, Caryl Lewis, Mair Edwards, Geraint Hardy, Hywel Griffiths, Iwan Rhys, Llyr Huws Gruffydd, Malan Wilkinson.

Kitzinger, Sheila, *Birth Crisis*. Routledge, Rhydychen, 2006. Dadansoddiad o eni cyfoes a beth sydd wedi mynd o'i le i lawer o famau. Ar gyfer gweithwyr proffesiynol a lleygwyr.

Stadlen, Naomi, *What Mothers Do: Especially When It Looks Like Nothing*. Piatkus, Llundain, 2005. Hwb go iawn i'r hyder os ydych chi'n teimlo nad ydych chi'n llwyddo i fagu'ch babi yn iawn.

Thomas, Kim, *Birth Trauma: A Guide for You, Your Friends and Family to Coping with Post-Traumatic Stress Disorder Following Birth*. Nell James Publishers, 2013. Y cyfan sydd angen i chi, eich teulu a'ch ffrindiau ei wybod am drawma geni: beth sy'n ei achosi, sut mae'n effeithio ar berthnasoedd personol, sut i'w drin a ble i gael cymorth.

Williams, Mark, *Daddy Blues: Postnatal Depression and Fatherhood*. Trigger, Newark, Swydd Nottingham, 2018. Hanes personol trafferthion iechyd meddwl tad.

Cyfres Darllen Yn Well

Brosnan, Lee & Brenda Hogan, *Cyflwyniad i Ymdopi ag Iselder*, Y Lolfa, 2019

Cooper, Dr Jenn, *Sut i Helpu Rhywun ag Iselder Ôl-enedigol*, Graffeg, 2025.

Cree, Michelle, *Ymdrin ag Iselder Ôl-enedigol a Meddwl Tosturiol,* Atebol, 2020.

Foster, Clare, *Sut i Helpu Rhywun ar ôl Colli Babi*, Graffeg, 2025.

Rentzenbrink, Cathy, *Llawlyfr ar gyfer Dolur Calon,* Graffeg, 2020.

Rose, Amy & Dr Emma Cotterill, *Goroesi fel Mam Sengl*, Graffeg, 2025.

Williams, Rhiannon Heledd (gol.), *Darn Bach o'r Haul*, Gwasg y Bwthyn, 2023.

Mynegai